人生的意义在于勇敢地去实现自己的大小梦想，

哪怕看起来有点遥不可及。

这本书，就是梦想之一。

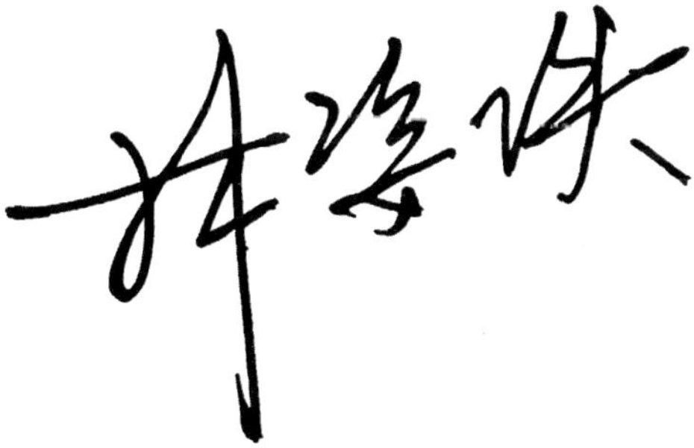

颜容如画

林姿佚 著

北京日报出版社

图书在版编目（C I P）数据

颜容如画 / 林姿佚著 . -- 北京 : 北京日报
出版社 ,2019.10
ISBN 978-7-5477-3381-3

Ⅰ . ①颜… Ⅱ . ①林… Ⅲ . ①长篇小说—中国—当代
Ⅳ . ① I247.5

中国版本图书馆 CIP 数据核字 (2019) 第 130006 号

颜容如画

出版发行：北京日报出版社
地　　址：北京市东城区东单三条 8-16 号东方广场东配楼四层
邮　　编：100005
电　　话：发行部：（010）65255876
总编室：（010）65252135
印　　刷：北京欣睿虹彩印刷有限公司
经　　销：各地新华书店
版　　次：2019 年 10 月第 1 版
2019 年 10 月第 1 次印刷
开　　本：880 毫米 ×1230 毫米　1/32
印　　张：8
字　　数：200 千字
定　　价：39.80 元

三个女人

颜容

蓦然

白宇

竹马绕青梅

若雨

目录

第一章 醒在梦中

第二章 青葱岁月

第六章

风起云涌

第七章

兰摧玉折

第八章

颜容如画

颜容如画

第一章

醒在梦中

又是一个无所事事的晚上

又是一个无所事事的晚上。

李丝蓓呆呆地坐在地毯上，背靠着沙发，凝视着画架。这里是她刚捯饬的一景。家里这个大阳台一直空着，赵卡卡老问她："丝蓓，我准备在这儿弄一个健身器材，就是做引体向上的那个杠，怎么样？"问完还冲她使劲眨眼睛，得意的眉毛都飞到脑门上去了，就好像他七八年前那身肌肉又回来了一样。

扯远了。丝蓓心想，这回我先把地儿占了，谁让你光说不练呢！想着想着，嘴角不禁浮出一丝微笑。

正乐着呢，电话响了。

"李丝蓓，干吗呢你？"是方昀。这个北京大妞儿开场白永远都是这句话。

"没干吗呀，在家待着呢。"

"哎哟我说你，真是如胶似漆啊，你也不能这么重色轻友吧？咱俩都小半年没见了，你心里还有我这个闺密吗？"

"他没在家，你别老数落我啦。"丝蓓嘴上这么说，但她还真心喜欢一上来就这么热闹的方昀。现在这个时代，人们面对面坐着都各玩各的手机，像丝蓓这种本来就内向的人，更是越来越不知道怎么跟别人聊天了。可是方昀总有说不完的话，让她觉得特别亲切、很窝心。

“没在啊！那你还不赶紧跟我出去玩儿！今儿可是周末啊！来东边找我，露玫酒吧今儿晚上可是一堆人等着你啊！赶紧的，我得挂了，拜拜！”

李丝蓓乖乖地准备换衣服出门了。被人需要，特别是被人如此迫切地需要，感觉真是太好了。

走之前，给阳台那一景留一盏灯，看着舒心。

“叮——”指纹锁开了，赵卡卡推门进来了。

一看屋里黑着，媳妇儿不在，真好！

那边怎么还有光！这女人又忘关阳台灯了吧！

赵卡卡正要习惯性地爆一句粗口时，看到这个新画架，忽然眼前一亮。

柔润的灯光，像月光般洒落在画架上。这盏 1.2 米长一字形 4500 开尔文色温的 LED 吊灯下，是一个 1.45 米高的实木画架，立在一个圆形的地毯上。在光线的衬托下，画架显得格外有质感，两个侧杆中间横着的下卡头上，搭着一只白手套和一双肉色的女士船袜，画架前是一个渐变咖啡色亚麻布矮凳，一整套素描铅笔展开放在地毯上，旁边放着一本崭新的冉茂芹素描手帖和几页纸，一支 6B 铅笔和橡皮放在画架的下横档沿儿上，上面还落着一些橡皮擦下来的碎屑。画板上夹着一幅素描：一个半坐在水中的西方女人，右臂弯曲着平挡在胸前，手指轻轻地架在锁骨上，左手撑着池边，这样的姿势让胸线更加明显，丰满而美丽的胸部仿佛要从画中跳脱出来，玲珑的腰线露出水面，光滑而微微隆起的腹部中央是一个无比性感的肚脐眼，恰好与水面齐平，给人一种它在吞吐着什么的错觉，修长而光滑的腿在水中自然舒展，若隐若现，惹人无限遐想。美丽的脸庞、恬静的眼神、性感的嘴唇和微微上扬的嘴角，看上去很美很美。

赵卡卡的目光直直地落在这幅画上，不知不觉停留了很久，仿佛画中的性感美女已经从中走了出来，正在轻轻地挠着他的手、他的背、他的脖子、他的心……

不对！这画是谁画的？！

赵卡卡琢磨着，李丝蓓画的？绝不可能！他俩从大学就认识了，这么多年从未听李丝蓓提起过她会画画啊！而且看这幅画，至少也有十几年的功力了。难道李丝蓓背着我偷人了？还是个杰克那样的文艺青年？也不太可能,咱自己的媳妇儿自己了解,没这本事啊！赵卡卡越想越奇怪，赶紧掏出手机给李丝蓓打电话。

“你在哪儿呢？”赵卡卡一听电话那头闹哄哄的就越发气不打一处来。

“卡卡呀！你们家丝蓓我今儿包了啊，晚上一定给你送回家，你别打扰我们闺密聚会了哈，拜拜！”

又是方昀接的！

“喂……”赵卡卡还没来得及说什么，那边就挂了。

赵卡卡生气了。可是又一想，这画是谁画的肯定得问丝蓓啊，咱一个大男人为这莫须有的情况瞎猜什么呢？！觉得自己有点可笑。算了，难得媳妇儿不在家，抓紧时间打游戏！

拿着游戏手柄酣战 3 个多小时。夜里 12 点了，玩爽了，可媳妇儿还没回来呢，干点啥呢？

赵卡卡不自觉地又看着这幅画了，这谁画的？真勾人，赵卡卡有点把持不住了。

结婚 10 年，认识 17 年，赵卡卡已经练就了一身对老婆以外所有女人都感兴趣的本领，哪怕她是一幅画。

正想着，丝蓓回来了。

“你又喝了？”

“没有啊，我开车去的，没喝啊。”

“你去酒吧玩儿还开车去啊？”

“方昀不是老喝多嘛，我得把她送回家。”

“你送她了？今儿结束得够早的啊？”

“今天没有，有一个帅哥送她。”

“呦？！谁啊！给你画画的这个？”

“啥？！”李丝蓓瞪大眼睛，一脸疑惑。但毕竟这么多年夫妻了，丝蓓马上就领会了卡卡的怀疑和醋意，不禁觉得好笑，不紧不慢地微笑着答道：“这画不错吧？颜容画的。我发小，我跟你提过好多回啊，还记得吧？”

“哦，就你那个在法国的发小啊？怎么回来了？”

“没回来，画是寄过来的，今天刚收到。”

“我怎么觉得是新画的啊，画架上还有橡皮屑呢。”

“观察还挺仔细，那是我自己画的时候留下的。”

“你？开始学画画了？画什么了？我看看。”

“画不好，都擦掉啦。”丝蓓走到画架前，捡起一张素描纸，“你看这个上面还有一些痕迹，我试着画了几笔，画不好就都擦掉了。”

“真怂啊！蠢宝。”卡卡觉得媳妇儿还是一如既往的可爱。

丝蓓小心翼翼地把那幅画从画板上拿下来，对卡卡说：“真美，画得可真好啊！颜容从小就聪明。”

卡卡这才注意到画的右下角写着“颜容，2017 年 1 月于巴黎”。字很美、很艺术。

“她为啥不写法文？”

“我觉得配上汉字更好看呢。”丝蓓爱不释手。

卡卡没见过颜容，每次丝蓓提起，他都没留意，就有一个印象。在法国的发小，这回记住了。

晚上睡觉时，卡卡居然幻想起颜容的样子来。

说走就走的旅行

阿姆斯特丹。晚上 10 点。

圣诞和新年的节日气氛还余存着一些，中国的春节又快到了。颜容正在一家酒店收拾行李，下一站去哪儿呢？不如回深圳看看吧？刚冒出这个想法，就被自己否定了。没意思，老回去。

去哪儿呢？普罗旺斯、杜塞尔多夫、苏黎世、布拉格、伦敦、阿利坎特、佛罗伦萨……欧洲各国风情几乎都已领略，美国又实在提不起兴趣。春节快到了，要不还是回中国吧。

北京？去见丝蓓？颜容放下行李，端起杯子走到窗边坐下，出神地望着外面的灯光。虽然一直跟丝蓓网聊、视频、朋友圈互相点赞或吐槽，像年幼时一样亲密，可掐指一算，居然有 12 年没真正见面了！真的吗？！12 年！真的这么久了……说起来，丝蓓结婚的时候说好要去当伴娘，但因为……因为那件再也不愿提起的事情没有去。

颜容不禁蹙起眉，痛苦地咬了下嘴唇。

片刻，仰起头，抬起纤细柔软的手扶住雪白颀长的脖子，深呼一口气，又低头拿起手机，用纤长白嫩的手指飞速地点击着屏幕。

“我去北京找你，春节就来。”

这一幕，恰巧被对面楼里的一位绅士看到，惊鸿一瞥。

一见钟情。

天哪！颜容要来，简直太好了！

丝蓓一早醒来看到微信，情绪立刻就被点燃了。

本来今天要去超市买年货，晚上去机场接父母，又收到了这个好消息，对一个家庭主妇来说，实在太让人兴奋了。李丝蓓赶紧奋力摇醒身边的赵卡卡，“臭宝！快起来！颜容春节会来北京！颜容啊！这么多年都没见了！今天好多事儿呢，赶紧起来！”

“嗯……”卡卡迷迷糊糊地支吾一声，翻了个身，没几秒钟又发出了均匀而深沉的呼吸声。

他像个可爱的孩子，满脸无辜地酣睡着。

亲吻了一下他的脸颊，丝蓓就起来了。

卡卡全然不知。

丝蓓先把一堆脏衣服扔进洗衣机里，加上洗衣液和消毒液，洗衣机开始转起来，又把内衣裤放在专门的盆里用专门的洗涤剂手洗起来。洗完后又热好牛奶和面包，煎好鸡蛋，再去叫卡卡起床。

一般叫到第五次，卡卡就起来了。

顶着一头乱发，臭烘烘的嘴巴打着哈欠，卡卡迷迷糊糊地坐到餐桌前打开了墙上的电视，开始吃早饭了。

“你怎么又不刷牙？”丝蓓轻声数落了一句，反正卡卡是不会改的，说一万遍也没用。

“哈——哈——”卡卡调皮地冲丝蓓哈着气。

“臭死了。”丝蓓一如既往地被逗乐了。丝蓓觉得他真是太可爱了，经常会有一种卡卡是她几岁大的儿子的感觉。

“快吃吧，臭宝。”丝蓓轻轻地摩挲着卡卡的头发，短短的、软软的、毛茸茸的，着实可爱。

“嘀——”洗衣机洗完了。

丝蓓赶紧放下筷子去晾衣服。

“有咸菜吗？”卡卡赶忙问。

“吃面包你吃什么咸菜？”

“鸡蛋太淡了。”

“我给你去拿酱油。”

“好的呀！”卡卡继续卖着萌。

丝蓓放下酱油赶紧去晾衣服了，一会儿还得去超市买菜。

阿姆斯特丹直飞北京的航班上。

有点累，颜容打开毛毯，缓缓地闭上眼睛。

飞机已经飞行了 45 分钟。

“这位女士，打搅了。”

颜容一看，一位空乘正在亲切地跟她说话。

“没事，您有什么事？”

“头等舱的蓦然先生请您过去坐。”

“蓦然先生？对不起，我不认识他。”颜容有些疑惑。

“没关系，请您跟我来。”空乘微笑着坚持邀请。

颜容心想，这不太合适吧？荷兰皇家航空还有这么特别的服务？不过又一转念，也许这位蓦然先生只是一份好意，在飞机上呢，能有什么事？好奇心驱使她还是跟着空乘来到了头等舱。

一位有着法国贵族气息的绅士正在微笑地等待着。

“能认识一下吗，这位小姐？我是来自波尔多的尼塞德斯·蓦然。我很抱歉这么鲁莽地邀请您过来，但我实在无法阻止自己这样做。”

“很高兴认识您，我叫颜容，中国人。请问您需要我做些什么呢？”看到如此绅士的蓦然先生，颜容忽然觉得自己非常幸运，但又略微担心自己到底能帮什么忙。

“请坐吧。”蓦然先生仍然是风度翩翩地微笑着。

说实话，颜容被这种风度吸引了。虽然自己在法国待了很多年，但生活圈子里也从未出现过这样的人物。那微笑如同洒满阳光的海边吹来的徐徐微风，莫名地让人感觉到一种扑面而来的地中海气息。

颜容以平生最优雅的姿态坐下，洗耳恭听。

很多人都是这样，跟什么样的人接触总是下意识地像他们那样一举一动。这到底是动物本能的体现，还是人进化出的一种技能？

“今天仅仅是请您一路同行，以后如果有机会想斗胆请您为我画一幅肖像。我在巴黎曾经见过您的画作《水边的少女》，一见倾心。”

没想到他是为了我的画。颜容被深深感动了，甚至可以说是感激。虽然在巴黎多年，但自己并没有什么名气。《水边的少女》两年前在巴黎的一个小画展里展出过，还放在一个不起眼的角落里，当时并没有什么人关注。那只是几年前一个中法青年画家的交流展，颜容本来对参展也没有寄予什么厚望，也意料之中地没有遇到知音。没想到，还真有人注意到这幅画了，还是一位如此风度翩翩的绅士。

其实我没那么喜欢你

方昀喝醉了。

我这是在哪儿？

揉揉眼睛，挠挠乱糟糟的头发，环顾了一下四周，方昀还是没想起来昨天晚上发生了什么。

床品是一水儿的白色，看样子是在酒店了。方昀心想。没发现床边有男士的衬衣或袜子，看来人已经走了。方昀松了口气，大大地伸了个懒腰，方昀觉得太舒服了，“爽——”不禁喊出声儿来，还带拐弯儿的那种。

“哗——”卫生间突然传出冲水声。

方昀愣住了。

从卫生间里走出来一个男人，不紧不慢地靠近方昀，嘴角还微微上翘着，右边脸颊露出一个深深的酒窝，有一点狡黠却又充满魅力。

方昀目不转睛地打量着这个英俊的男人。

笔挺的细条暗纹浅灰色衬衣，从脖子到胸前三颗扣子都散开着，露出如雕刻过一般的曲线，这颀长的脖子，紧实的胸肌，菲拉格慕的黑色暗纹腰带围绕着平坦而结实的腹部，笔直的大长腿，一双黑色的皮鞋低调却很有质感。

“饿了吧？你想吃点什么？”男人一边扣着袖扣，一边问方昀。

一缕阳光从窗户投射进来，通过这一颗灰色的袖扣反射回来，忽地一闪。方昀这才回过神来。

“就吃酒店的早餐吧。”方昀木然地回答道。

“你还真是醉了！这是我家。”男人答道。

我天！这不是白宇吗！

“你什么时候把头发和胡子都剪了？！”

“就是昨天晚上，你喝得微醺的时候。”白宇边说着边坐到床边，挑逗般地看着方昀。

我方昀是什么角色？！什么场面没见过？你以为你这点挑逗就能让我……方昀用冷冷的眼神看着他。

两片热烈的唇突然贴过来。

方昀猝不及防。

没想到久经沙场也完全招架不住。

……

一个小时后。

“这回真饿了。你去洗个澡，马上就有吃的了。”白宇走出了房门。

“嗯。”方昀淡淡地应了一句。

一会儿，方昀从衣柜里随便找了件干净的男士衬衣穿上走出了卧室。

客厅好大，开放式厨房。

一顿丰盛的西式早餐已经摆在了餐桌上。白宇穿着浅灰色的睡衣站在餐桌旁，做了个“请”的手势，彬彬有礼，就是这身衣服太……太不正式，里边还空。

“Omelet! 你还会做这个呢？”方昀看到最喜欢吃的西式煎蛋饼，不禁喜笑颜开。

“你还是笑的时候最好看。”白宇出神地望着她。

方昀马上收起笑容，“你不饿啊？赶紧吃饭。”

“我就不明白你为什么就单单对我这么冷酷啊，女王陛下？”白宇逗她。

“少来。”方昀一边大快朵颐，一边冷冷地回复着。

“给你做了这么多好吃的也不给个笑脸？没人性呀。”白宇接着贫。

“那我不吃了。”

“别，千万别！我错了，我嘴欠，您多吃点儿，您实在太辛苦了。耗身体吧？”白宇坏笑着。

方昀狠狠地瞪他一眼。

白宇一看这眼神，觉得苗头不对，赶紧乖乖吃饭，还贴心地给方昀添牛奶。

可是方昀的腿真是太好看了，又白又长又直，还特别光滑。

根本没法让人好好吃饭！白宇又有点儿心猿意马了。

偷偷地伸出手从餐桌底下滑过去。

“省省吧。你累不累啊？”方昀白了他一眼。

白宇忍不住还要继续逗她，一看方大小姐恐怕真生气了，赶紧收住，“吃这么多应该饱了。我送你去哪儿？”

“回家。”

“你父母家还是你自己家，要不我一块儿去？”白宇继续献殷勤。

“还真不把自己当外人。你要一起，我就不回去了。”

“那我请您做个水疗？泡个温泉也行？”

“您不是户外运动爱好者吗？可不敢委屈您。”

“为了您行都转了，换个爱好还不是很简单？”

方昀有点不耐烦了，径自回卧室换衣服去了。

这就是夫妻生活

丝蓓去超市买东西了。

赵卡卡正在琢磨工作的事。到年底了，事儿还一大堆呢。这是年前的最后一个周末了，得好好想想没收尾的事情怎么办。一般人吧，越是到了放假前，越是没心思工作。但赵卡卡不这样，他从来不厌烦工作，碰到棘手的事情，他会反复地想，确保万无一失。今年冬天禽流感又抬头了，药检所正在对一些新剂型的抗流感病毒药品做一些检测。有个国内大药企新研发了一种疫苗，急着进入市场，正在赵卡卡所在的检验科检验。

赵卡卡一路读到博士，像他这个年纪，没有留学背景还能在药检所负责一摊子事儿，是多亏了老于。老于是卡卡本科论文的导师，师生俩因为气场相投，性情相似，成了忘年之交。卡卡师从老于一直读完了博士。前几年老于从学校出来去了药检所，把赵卡卡也调过来了。老于还是丝蓓和卡卡的证婚人呢。虽然老于在药检所时间不长，但原来在学术界名气比较大，在药检所也是很受尊敬的，以老于的威望，只要他没退休，赵卡卡在药检所混个一官半职没问题。即便是这样，卡卡对待工作也是十分认真的，并不因为老于罩着他就不努力，老于交代的事，卡卡总是兢兢业业。但对于这批流感疫苗，老于持保守态度，认为安全性可能存在缺陷，但赵卡卡因为想做出点成绩，所以不肯放过任何一个机会。

赵卡卡正在想安排哪个踏实的实验员就这几天好好做下检验，药检所这样的机构本来人就不多，实验室就这么几个人，能听卡卡差遣的，就更少了。卡卡正琢磨着要不要自己抽空去做时，丝蓓拎着大包小包回来了。

“下午你和我一起去机场接爸妈吧。”丝蓓回来就问。

“几点？”

“3 点 10 分到。”

“我可能得去趟实验室。”

丝蓓一听，心又凉了半截。说实话，丝蓓的爸妈简直是天底下最好的老丈人和丈母娘了。从来没跟卡卡提过任何要求，生怕麻烦卡卡和他家里人。卡卡表哥去年生了孩子，丝蓓爸妈来陪丝蓓正好赶上了，包了一个 1000 元的大红包。丝蓓妈 3 年前来北京治病，卡卡除了接送之外，剩下的啥也没管。丝蓓心里其实挺凄凉的，但是爸妈都跟她说，这没啥，卡卡忙，有事业心是好事，你得支持，咱们全家都要支持。丝蓓听话地接受了。

这次，丝蓓仍然乖巧地答应了。

“你去吧，我自己开车去接也挺方便的。”

说完，又赶紧去厨房做午饭了。

“中午咱俩简单吃点儿，晚上爸妈到了我多做点儿。”

“行。”

一会儿热气腾腾的面条就端上来了。

“吃吧，臭宝。”丝蓓招呼卡卡。

卡卡还在专注地看着专业书籍。

“一会儿凉了就不好吃了。”

“你先搁那儿。”

丝蓓本来还想问卡卡明天周日要不要带爸妈去泡温泉，看卡卡这专注的架势，只好作罢。

吃完午饭。赵卡卡躺在床上，一手摸着额头，一下下慢慢地来回摩挲着。

“又在琢磨你的股票和房子呢？”丝蓓冷不丁来一句。

“这你都猜出来了？”赵卡卡又惊又喜又有点儿小担心。惊的是，啥都没说丝蓓居然都知道他在想些什么。喜的是，夫妻多年的感情果然不一般。而担心的是，在丝蓓面前自己岂不是连一点隐私都没有了？

“你怎么知道我不是在想美女？”卡卡故弄玄虚。

“你要是在想美女，就不是这个表现了。”丝蓓根本不买账。

“那我要是在想别的呢？”卡卡奋力找补。

“你要是有点不舒服或者担心你自己的身体，就会唉声叹气。你要想让我先睡，自己好看会儿小电影就会开始卖萌……”

“好了好了，媳妇儿你真可怕。”赵卡卡赶紧掐住了话题。

“睡吧。”卡卡拍了拍丝蓓。

丝蓓不说话了。

宝贝女儿贤惠妻

李丝蓓对机场各个航站楼的到达区域都轻车熟路。但她几乎没怎么从出发区走过，仅有的几次都是跟着赵卡卡出去旅游。

很顺利地接到了父母。看到老两口状态还都不错，李丝蓓觉得挺放心。

路上很顺利。一到家，丝蓓就开始忙活晚饭了。

从小到大，丝蓓都没有什么出众之处，但是对于美食，丝蓓却有一种天赋。

爸妈来了，丝蓓很高兴，恨不得把所有自己会做的菜都做给他们吃。丝蓓早早就想好了今天的菜谱，上午去超市买了三文鱼头、猪蹄、牛肉、猪前尖儿、酸豆角、杭椒、黄豆、盖菜、松仁、莼菜……好大一袋子食材。以至于今天晚餐的菜谱有点儿杂。

炖猪蹄是丝蓓的拿手菜之一。用电高压锅炖就行。先将猪蹄洗净，放入锅内胆里，倒入老抽、生抽，加入葱姜蒜、干辣椒、八角、桂皮、香叶、茴香、白胡椒粉、甜面酱、红油、香油等佐料后抓匀，虽然还是生的，但此时的颜色就已经非常好看了。腌 10 分钟之后，盖好盖，炖 60 分钟，就等着香喷喷的猪蹄出锅了。这道菜好不好吃，有几个秘诀：首先是盐和火候，盐得最后放，因为佐料放完之后有时候盐就不用放了，得根据下料情况随机应变，火候就得看买的猪蹄是老是嫩了，都得适当调整。其次是各种香料的配比，依据个人口味也可以适当增减。然后就是甜面酱和红油，这可是丝蓓自己琢磨出来的。丝蓓觉得自己家做的猪蹄，颜色容易发暗，外边餐馆做的猪蹄，又容易太红太亮。放郫县豆瓣酱倒是颜色好，但容易让所有做出来的东西都带着豆瓣味儿。甜面酱、红油这两种看似风马牛不相及的配料放到一起之后，能使猪蹄带上焦糖色，特别漂亮。而且，不用放糖也能照顾到爸妈和卡卡南北口味的差异。最后是白胡椒粉，独家秘方，去腥。

三文鱼头是丝蓓最近跟一个特讲究的朋友学的。食材非常重要，越新鲜的鱼头越好吃。炖猪蹄这种菜口味重，食材的新鲜程度要求并不算太高，三文鱼头可就不一样了。加入粗盐、黑胡椒粉、肉桂粉、黄油、花生油，用微波炉烤 11 分钟，香气四溢，鲜美无比。做鱼就怕腥。把鱼头外面的黏液刮一刮，就不腥了。烤的时候那个鲜香，恨不得把整个屋子的香气都吸进肚子里，这才知道做菜也是一种享受。爸妈肯定没吃过这道菜，今天必须露一手。

莼菜是个好东西，家里囤了一些，赵卡卡买的。药检所拿莼菜做过不少实验，抗癌效果确实是显著的。赵卡卡买的都是西湖莼菜，品质好，包裹的黏液多，抗癌就是靠的这层东西。家里经常吃，但丝蓓今天把它做出了创意。把莼菜从外包装里的液体里滤出来，轻轻冲干净，开水焯 1 分钟，捞出来，把炸好的松仁倒上去，倒上一点儿生抽，就行了。莼菜的外形配上一颗颗的松仁，装在素色圆瓷盘儿里，像极了仲夏时节南方的荷塘，还点缀着颗颗成熟的莲子。丝蓓专门给父母做的这道菜，一来是因为保健的功效，二来是借用李清照的词——《怨王孙·湖上风来波浩渺》，略作修改，给这道菜取名，“秋已暮，青露洗，莲子已成荷未老。”借物喻人，窃窃地希望自己到而立之年，但父母仍然不显老。

满桌的菜都上齐了。丝蓓很有成就感。

“这么丰盛啊！”赵卡卡赶紧夸奖道。

爸妈诧异于李丝蓓这么大的变化，妈妈欣慰地说：“没想到咱家的娇娇宝丝蓓变得这么能干了，菜做得又好又快，色香味俱全，真有主妇的样子。”爸爸却在一旁没有说话，望着丝蓓，有点心疼，看来女儿嫁给赵卡卡可是没少干活，从小娇气的丝蓓居然变得这么手脚麻利，一定是赵卡卡那小子啥也不干，就会使唤丝蓓。

醉梦中醒来

丝蓓和父母一大早就出门置办年货去了。

赵卡卡昨儿晚上和几个哥们儿聚会，喝多了，一直在昏睡。

赵卡卡被尿憋醒，迷迷糊糊地爬起来，光着身子就往洗手间走，冲着马桶稀里哗啦一通排泄，还情不自禁地发出一声“啊——”的叫声，终于舒坦了。

正要扭头回床上睡觉，一转身，酒全醒了，瞌睡劲儿也全没了。

一个女人正在洗手间照着镜子，抹着化妆品。

赵卡卡近视七八百度，进门的时候真没注意旁边站了个人，当然，也没想到。现在看到了，可赵卡卡光着身子，这就有点尴尬了。

女人穿着一件裸色哑光面料的贴身睡衣，紧紧贴着凹凸有致的身体，长长的卷发风情万种地散落在肩上。

赵卡卡现在脑子里有一万只某动物奔腾而过。怎么会有个美女在这儿？还跟我一样没穿衣服？昨天晚上有艳遇？不对，我是在自己家里吧？不可能在家里干这事儿啊？这肯定不是丝蓓，丝蓓是短头发啊！她没看见我吗？怎么也不出声？我可一丝不挂着呢，按偶像剧的套路她不应该尖叫吗？赵卡卡揉揉眼睛，又使劲儿看了看眼前这个女人，没错，眼没花，是个大活人。咦？好像还是穿着衣服的，但真薄！真透！还是肉色！这是赤裸裸的色诱吗？！

赵卡卡的灵魂早已出窍，但身体却愣在那里，呆呆地站着，不知道该说啥，也挪不动步。

倒是眼前这个美女，转过头，从上到下细细地打量了他一番，不放过任何一块肌肉。

美女慢悠悠地说了几个字："身材不错。"

赵卡卡脸火烧火烧的。

"嘀——"指纹锁响了。

丝蓓回来了！门开了，还有老丈人和丈母娘的说话声！

糟了糟了！赵卡卡脑子瞬间一片空白，这下可怎么都说不清楚了。

咦？那个美女怎么没了？赵卡卡来不及找，赶紧把卫生间门关上了。

一会儿，丝蓓敲了敲卫生间的门："谁在里边啊？"

"我。"赵卡卡答道。

"你起来了啊，没吐吧？头还晕吗？"丝蓓贴着门柔声问道。

赵卡卡赶紧把门打开一条缝，悄声说道："媳妇儿，我刚醒，我没穿衣服就出来上厕所了，昨晚喝多了，我都忘了爸妈在这儿了，你赶紧把我的睡衣送过来。"

丝蓓点点头，赶紧把门带上给他找睡衣去了。

弄完赵卡卡，丝蓓又去敲颜容的房门。

"容，起来了吗？"

好一会儿颜容才开门。"戴着耳机画画呢，没听见。"颜容穿着一件灰蓝色的套头宽松长毛衣，从容地答道。飘窗上放着一个大耳机，还从里边飘出细细的音乐声，旁边是一幅素描初稿和几支铅笔。

"我的大画家，先休息一下吧，过来看看我买了什么好吃的。"丝蓓亲热地把颜容从房间里拉出来了。

赵卡卡穿好衣服正从卫生间里走出来。

"卡卡，这就是我的发小颜容。昨天晚上的飞机刚到。你回来的时候她已经睡啦，倒时差。"丝蓓赶紧介绍。

"你好。"卡卡愣愣地说。昨晚自己怎么进的家门都不知道，别说家里来什么人了。原来刚才在卫生间里遇到的女人就是颜容，赵卡卡突然有一种莫名其妙的兴奋。

“你好。”颜容微笑着回应。左侧脸颊浮起一个浅浅的酒窝。

这酒窝虽浅，但里边恐怕盛的是76度的年份原浆，卡卡看着都醉了。

我这是醒来了还是在做梦呀？赵卡卡下意识地又揉了揉眼睛。

颜容如画

第二章

青葱岁月

这么近那么远

露玫酒吧。

方昀一个人过来的。春节这个时候，酒吧里是没什么人的。

寻露玫亲自给方昀端来一杯蓝色玛格丽特，在她身边坐下。

“大小姐，您怎么一个人过来了？那个左右不离的帅哥粉丝呢？”露玫看方昀情绪不高，故意调侃一句想逗乐她。

“大老板，您怎么有兴趣关心起我这点儿事儿了？”方昀慵懒地回复，带着北京女孩特有的那种拽拽的劲儿。

寻露玫微笑着点了一下方昀的额头：“瞧你，关心你还不知趣。说吧，有什么烦心事儿？我听听。”

“嘿，能有什么事儿啊！”方昀说，“你说我这天天儿吃得饱穿得暖，玩得嗨睡得香，能有啥烦心事儿。”

“那你这点儿跑我这干吗来了？”寻露玫狡黠地眨眨眼睛。

“我……我想你了呗！”方昀赶紧卖个萌。

“行，想我随时来。你先喝着，我去看看酒柜库存。”寻露玫假装要走。

“哎，哎，别走，露玫姐姐别走，你看我这不是想你吗，你再陪我待会儿。”方昀拽住寻露玫的胳膊，使劲儿往自己怀里拉，脸都要贴上寻露玫的手背来回蹭了。

“咦？哟哟哟……”寻露玫假装嫌弃地抽出手，“行啦行啦，别卖萌啦，姐不吃这一套。说！能不能爽快点儿！”

“嘻嘻，我的这点小心思都被你看穿啦。唉，还是那事儿呗！”方昀边说边向寻露玫眨眼睛。

“不行，不行，我这小庙可请不起你这千金大小姐。你要真来这儿驻唱，你们家老爷子还不找人掐死我！都说八百回了，你可别再为难我了！”寻露玫可是真心不愿意。

“去！没劲！你又不是老古董，你跟他站一边儿干吗呀？咱俩是大学舍友吧？又不是我爸跟你大学一宿舍……”方昀继续油嘴滑舌。

“闭嘴闭嘴！瞎说什么呢？有你这样拿自己亲爸和闺密开玩笑的吗？！不同意不同意！就是不同意！”寻露玫坚决反对，但还是边开着玩笑边和方昀周旋。

“寻大美人儿，你要再不同意，我可让你给我当小妈去了啊！”方昀不依不饶。

“胡说！过分了啊！再说我找俩保安把你关小黑屋去！”寻露玫蹙起眉，真是有点生气了，心想，这小妮子真是越来越没轻没重了。

“呵呵，生气啦？我这不是开玩笑吗，别往心里去哈。”方昀一看势头不对赶紧刹住车，不惜一切手段往回找补。

寻露玫扑哧一笑，被方昀逗乐了，真拿她没办法。

“当年你在学校乐队又唱又跳，迷倒了不少小男生，我以为你就是虚荣心作祟，想要别人膜拜追捧的感觉，没想到你还真心喜欢这个呀。”寻露玫颇有点感触。

方昀默默地点了一下头，心想：还是学校好，想唱就唱，那么放肆！现在呢，自己姐们儿的酒吧就摆在眼前，但就是不收留自己，真没劲。

方昀双眼凝视着酒杯里透亮的蓝色，在酒吧灯光的映射下，发出绚丽迷离的光，仿佛把她带回了学校乐队表演的舞台……

三个女孩一台戏

方昀、寻露玫、李丝蓓大学在一个宿舍。

计算机学院女生少，信息与计算科学全系就她们三个女生。大学的几年里，全班男生都很照顾这三朵花，更幸运的是，这三个女孩虽各有特点，但相处得很好，属于性格不同又互补的类型，并没有合不来。方昀的父亲有一家大企业，她是典型的白富美，可大小姐脾气从来不在女同胞身上发。她经常带着寻露玫和李丝蓓两个人去各种高大上场所享受，这种场合是豪爽大姐大范儿；在宿舍呢，各种不想干活，什么打水拖地擦桌子啦，都是寻露玫和李丝蓓帮着干，这时候就是卖萌小女孩范儿。寻露玫和李丝蓓都是南方人，但寻露玫家里做点小生意，家境还不错，没事儿喜欢去各种咖啡馆及博物馆，是个很有小资情调的小女人。李丝蓓老家经济不发达，但父母都是体制内的公务员，从小也没受过什么苦，一直是家里的乖乖女，听话、爱学习就是她全部的人生信条。

三个女孩特别投缘，从报道第一天开始，每天晚上熄灯以后，都要开“卧谈会”。这个词是李丝蓓先说出来的，一开始寻露玫觉得好土，夜聊就夜聊，干吗叫“卧谈会”？方昀说这词估计也就自己姥爷会用，她觉得特别好玩，特有喜感。大家哈哈一笑，就都默默接受了这个词。“卧谈会”上什么都聊，哪个男生帅，哪个老师帅，自己又胖了多少斤，明天去哪儿转转，逛街买什么款式衣服，哪家餐厅饭菜好吃，“姨妈”为什么还没来，等等。

方昀一进学校就加入了音乐社团，歌唱得好又会跳爵士舞，有颜值有身材又有台风，第一次在校园歌手大赛上亮相就大受欢迎。寻露玫和李丝蓓每逢方昀表演都坐在最前排，主唱给留的VIP专座，加油、拍手、尖叫，各种兴奋、各种膜拜。想追方昀的男孩太多了，好多同学都向寻露玫和李丝蓓追要方昀的手机号，可是方昀早就跟她俩说了，自己一个也没看上，不要把手机号告诉任何一个人。有的人就转而追求寻露玫，依寻露玫的小资思维，怎么可能答应呢？什么意思？没追成就退而求其次？我哪点差了？李丝蓓外表朴素又不太爱说话，一般对方昀感兴趣的男生都不会注意到李丝蓓。

方昀从大学开始就经常喝醉，寻露玫酒量好，李丝蓓不敢喝，每回去外面通宵唱歌或者干点儿别的结束后都是她们俩把方昀架回来的。每次方昀第二天醒来后，发现自己躺在宿舍床上，还换上了睡衣，都要说："姐姐们太好了，太爱你们了！"寻露玫就会开玩笑说："要不是你掏钱请客我才不扛你呢，哎哟，我这小腰都闪啦！我也不想呀，但收了好处还得给你服务不是？！"方昀就接着开玩笑："行，下回爷多给点钱，你服务点特殊的吧！"寻露玫一听这个就会跑过去挠方昀痒痒，两个女孩就扭打在一起，叫着笑着闹半天。李丝蓓总是在一旁看着她们，对她们开的玩笑有点羞涩，但又有点羡慕她们这么放得开。

每次考试前，李丝蓓和寻露玫都会拽着方昀去上自习，说你一个学期都没怎么好好听课，再不突击你就会挂科的。方昀虽然不太在意这些，但看她俩那么替自己着急，想想不挂科不是更好吗？也就乖乖地复习几天，反正哪里不懂她俩都会讲给她听。特别是李丝蓓，每次还画好重点、写好复习提纲给方昀，都这么够意思了，自己不学都不行了。

三个女孩就这样玩着、闹着、学着，度过了美好的大学时光。

奇怪的是，只有李丝蓓一个人找到了固定的男朋友——赵卡卡，另外一个学霸。学霸嘛，在图书馆都有自己固定的座位，两个人在图书馆同一张桌子上自习，过了一个月，才注意到对方的存在，然后就继续一起学习，一起打水，一起吃饭，就这样在一起了，一直到后来结婚，整个过程都毫无罗曼蒂克的剧情。

幸运的是，步入社会以后，三个姑娘都还在北京，可以继续保持这样亲密的友谊。寻露玫其实入校的第一志愿是经济学，最后一个志愿才是信息与计算科学，毕业之后她果断放弃了本专业，在“一家著名外企担任管理岗位”（寻露玫喜欢这么表述，其实就是在一家麦当劳先做服务员，后来做到了经理），几年之后辞职自己开了家酒吧，经营得还不错。李丝蓓是学霸，实习之后成功留在了一家排名很靠前的互联网公司，收入还可以。方昀学这个专业纯属高中时只有数学成绩还行，因为不用死记硬背，家里给找关系进了学校，随便她选专业，她就跟老爸说：“为了您少操点儿心，我上大学就顺便把个人问题解决了吧，哪儿男生多我去哪儿。”毕业之后方昀爸爸想要把她送出国学习，可方昀死活不去，留学？为什么要留学？留学回来我不还是我吗？想去哪个国家我随时都可以去！当然是继续各种纸醉金迷灯红酒绿，调动自己身体的每一个细胞来享受啦！工作？我为什么要工作？我的理想是唱歌！我想要自己的乐队！

心头的一滴泪

霄云大厦第88层。

阳光穿过透明的大落地窗，投射在大理石茶几的一角，亮晶晶的、一闪一闪的。

秘书用专门的茶具泡好御前八棵，就关上门出去了。

方澍达端起一盏茶，细细品了一口，凝神思索起来。驰骋商场这么多年，没有什么能难倒他，却拿自己的宝贝女儿一点办法也没有。

自己的商业帝国是不指望她接手了，让她自己弄个小生意练练手都不愿意，非要去酒吧当什么驻唱歌手，还想成立自己的乐队？！小脑瓜子里想些什么？有没有正经事？方澍达一想起这茬儿就头疼，要是多几个子女就好了。实在不行，就把霄云集团交给职业管理团队吧。

想到这儿，方澍达默默地放下茶盏，心里想起了一个人，不知道她现在何处。这么多年过去了，她的每一丝灵气，仍然深深地刻在方澍达心里。

方澍达年轻时一无所有。刚开始在湖南老家一家国营纺织厂当车工，后来纺织厂倒闭，方澍达就南下到了深圳一家港资服装厂当衣车工。工友里面有一个小老乡叫陈静秋，是个特别的姑娘，个子偏高，身材清瘦，五官生得很完美，一双水汪汪的大眼睛像是会说话，忽闪忽闪的，灵气十足，总是笑盈盈的。那时候方澍达都是没日没夜地检修机车，但只要能看看她，方澍达心里就不觉得苦。

静秋心灵手巧，但不爱说话。年轻的姑娘们都给自己织毛衣、织围巾，就数静秋挑选的颜色最好看，织出来的款式怎么看怎么洋气。女工友们夸她时，她也只是微笑不说话，问她怎么织好看，她就告诉她们针法，帮她们织两针，但只要女工友们拿回去接着织完，成品就是没那么好看。更神奇的是，静秋会画画，拿着蜡笔、铅笔，随便的一张纸，马上就变成一幅肖像，男人、女人、老人、小孩……没人知道静秋是怎么学会画画的，也没听说有人教过她，也许那就是一种天赋。

方澍达在南方男人里算是身材魁梧的，又能干又踏实，不怎么瞎聊天。方澍达发现静秋碰见自己的时候也会脸红，可自己一无所有，别的什么也不敢想。只要每天能碰见她，就很满足了。在厂里低头不见抬头见，时间久了，方澍达和静秋也逐渐熟络起来了，经常一起说几句话，在食堂打饭，工友们时常开他俩的玩笑。有一天晚上，看完露天电影后，方澍达送静秋回宿舍，趁夜色，静秋居然拉住了方澍达的手。方澍达心里一颤，自己何尝不是这样喜欢静秋呢？可自己现在这个样子，拿什么娶她呢？方澍达怀里像揣着兔子一样扑通扑通地跳，又不敢动。没想到静秋先说话了："我爷娘（湖南方言，即爹娘）写信来了让我回老家嫁人，你说我回去吗？"方澍达一时愣住了，不知道说什么好，心里特别难受，可又觉得自己没有权力让静秋留下，只是下意识地握紧了静秋的手，锁紧了眉头。静秋多么聪明的姑娘，她早就了解方澍达的心思，继续说："我不想回去。要不先生米煮成熟饭，爷娘就让我们一起过日子了。我晓得你现在怕安排不好生活，但大家不都一样什么都没有吗？你看世明和玉娇都结婚了，你踏实能干又聪明，我相信咱俩以后有好日子。"话不多，但字字都砸在了方澍达的心坎上，他一把紧紧抱住了静秋，心里默默地说：多么真挚又勇敢的好姑娘，我方澍达何德何能得到你的垂爱？我的好静秋，我一辈子也不能辜负你啊！可是他什么也没有说出来，只是眼眶里的热泪落到了静秋身上。

接下来的日子，方澍达一直把持着和静秋的距离，但两个人的关系还是无法控制地向如糖似蜜的方向发展了。不知不觉两个月过去了，静秋并没有再收到家里的来信，两人便私订了终身。

那个闷热的午后，方澍达和静秋正盘算着怎么开介绍信带回老家结婚，静秋的父亲居然来厂里了！只说了一句话："你妈得了重病，快不行了，赶紧跟我回去吧。"

静秋就跟着回去了，从此消失在了方澍达的世界里，再也没有音讯。

方澍达永远忘不了静秋走出厂子大门时，回头望他的眼神：强忍着没有流泪，含着无比的不舍、依恋、无奈、伤感，还有期盼……

这么多年过去了，方澍达还会时常梦到这一个让自己心疼了一辈子的眼神。日后驰骋商场那么多年，浮浮沉沉，方澍达不管遇到什么困境，都是无比坚毅淡然，只有静秋那水汪汪的眼睛，是留在自己心头的一滴泪。

小城故事

李丝蓓出生在一个南方小城——云溪，一直到上大学才离开家。颜容和李丝蓓是小时候的邻居，又同岁，经常一起玩。颜容的父亲颜正是中学美术老师，李丝蓓经常跑到颜容家去看颜正教颜容画画，耳濡目染，但因实在没有天赋，只留下了一个喜欢艺术的爱好。颜容8岁时，颜正参加全国画展一举成名，之后去广州美院深造，颜容也跟着离开了云溪。颜正后来留校任教，培养颜容考入本校学习，又支持她去罗马美术学院学习。退休后，颜正搬到了深圳生活。颜容和李丝蓓自从8岁分开之后，很少有机会见面，但儿时玩伴的感情是很难忘记的，不管两个人离得多远，一直保持联系。

李丝蓓上高中时，与隋意、黄誉、张栩几个同学一起学习、一起玩耍，甚是要好。隋意长得很漂亮，性格又直爽，是那种女人味儿十足，但又特别潇洒的女孩，当时也是学校里女神级的人物。张栩个子高，长得帅，是体育特长生但成绩也不赖，在这个美女众多、男神缺乏的南方小城，实在太受欢迎。举个例子，每逢学校运动会，初中部、高中部每个年级每个班都有不少女同学在他身边尖叫，争抢着给他倒水、递毛巾，加油声喊得嗓子都快撕裂了。少年时期的情感朦胧而美好，张栩和隋意很自然地走在了一起。不过这种青涩的感情往往都没有结果，等到这几个人上大学后，分散在不同的城市，隋意和张栩也就和平分手了。后来，因为黄誉和隋意都去了上海，一来二去，互相有了好感，毕业之后又都留下工作，对的时间遇到对的人，他俩就顺理成章地恋爱、结婚。

前年“五一”假期，黄誉工作忙走不开，隋意一个人决定回云溪老家看看，返回上海的时候由于急急忙忙乘坐高铁，进的不是车票显示的那节车厢。车开了，隋意不紧不慢地从 4 号车厢往 12 号车厢走，结果发现这趟高铁是中间两个车头对着的，还没法直接走过去。没办法，只好等下一站到站，下高铁走两节车厢再上来。等待中，她很自然地想掏出手机看一看，却发现手机落在亲戚家里了，心里正盘算着下了车怎么打电话联系黄誉来接她，下一站就到了，隋意不紧不慢地出门，还不忘感叹高铁的神奇,中间两个车头居然是对着的！再进门,又不紧不慢地走着。

走到 10 号车厢，“隋意！”有人叫我？！隋意很是意外，低下头，目光在附近座位上寻找着。

“张栩！老同学！”隋意可高兴了，真是老天都眷顾！这下有手机用了。

“你也坐这趟车，真巧呀。你在哪儿坐？”张栩遇到隋意也觉得很意外。

隋意眨了一下眼睛，说道：“还有更巧的呢，但我不在这节车厢，我先过去放行李，完了过来找你。等我一下！”

张栩有点疑惑，点头答应了，开心地等着。

不一会儿，隋意走了过来。

“你的手机呢，可不可以借我用一下？”隋意甜甜地微笑着。

“行啊。”

隋意接过手机，迅速地拨通了黄誉的号码。

“喂？”电话那头黄誉的声音有些疑惑。

“是我，你老婆。我手机落在表妹家啦！你一会儿去虹桥接我，打这个电话联系就好啦。”

“我的姑奶奶，打那么多电话，发那么多信息，都没回音，我还以为你回不来了。”黄誉又惊又喜。

“嗯，不过高铁上碰到咱们的老同学张栩了，运气太好了。”隋意边说着边向张栩眨眼睛。

张栩这才明白刚才她说还有更巧的是什么意思。他不禁咧嘴笑了，还无奈地摇摇头。

“张栩？那小子……等一下等一下，怎么是一个深圳的号码？”黄誉很疑惑，“你是隋意吧？没骗我吧？”

“我的声音你听不出来啊？”隋意嗔怪着，又问张栩，“你的手机号怎么是深圳的？”

“刚到上海来，前几年都在深圳呢，还没来得及换号。”张栩说。

“听见了吧？就这样好啦，不浪费人家手机费啦，拜拜。”隋意要挂电话。

“张栩那小子去深圳啦？”黄誉一头雾水。

“他说去深圳工作几年了，刚来上海。”

“哦，那你好好的。”

“好的。”

张栩乐了：“隋意啊隋意，你可真是够随意的啊。手机落了还一点儿也不着急。”

“这不是碰到你了吗？万事大吉！哈哈！”隋意开心得很。

“你是在哪站上的车？”张栩问道。

“云溪。如果不是因为上错了车厢，并且高铁中间两个车头对着，还碰不到你。巧吧？”隋意笑盈盈地说。

看张栩的表情有点疑惑，隋意又将来龙去脉细细地给张栩讲了一遍。

张栩哈哈大笑。

他们一路欢快地聊到了上海。

若雾若雨若风

春节假期，隋意跟黄誉回老家探亲，同学聚会是必不可少的环节。张栩也来了，至今还是单身。

黄誉问张栩：“喝酒怎么老一半一半的？干一个呀！”

隋意调皮地给了个解释：“他是想在 2017 年找到另一半。”

张栩并不领情：“不用了，一个人也挺好。”

“活该剩着！”隋意冲他吐了吐舌头。

其实这么多年，张栩心里都藏着一个人。

那个人并不是隋意。

当年在长沙上大学，参加学校的话剧社，表演莎翁的喜剧《维洛那二绅士》，他被辅导老师挑中当男主角，女主角是个让人无法忘记的女孩。因为机会好，最后在长沙某个小剧场演出，虽然大学生演技生涩，但是这种美好的体验、那个美妙的晚上却深深印在了张栩的脑海里，再也无法抹去。

女孩叫陈若雨，长得干净又有灵气，冷冷的气质中又带着一丝不容易被人察觉的单纯的性感，外表清丽却掩盖不了她散发出来的魅力，只是大学里的男生都太傻，并没有多少人能发现这样一种未成熟的极致性感。张栩不仅发现了，而且一见钟情，沉溺其中，无法自拔。若雨只要换上戏装，就是人见人爱的女神了，她压得住这一身装扮，这身装扮穿在她身上能提气，衬托得若雨越发仙灵动人。

陈若雨虽然是管理学院的，可张栩总能在校园里的樱花树下看到她写生。每年的 5 月是樱花烂漫的季节，操场边的樱花树下，张栩总是远远地望着长凳上专注画画的若雨，很想靠近却又不敢，他只能经常偷偷地给若雨拍几张照片，洗出来送给若雨，若雨也只是微笑地说声谢谢。说实在的，比起若雨画的画，张栩的照片还差点意思。张栩仔细欣赏过若雨的画，漫天飘洒的花瓣形成一片朦胧的粉色，像雾像雨又像风，可樱花树下也从没出现过张栩的身影，哪怕是一个小小的人形也没有。按若雨的话说，画这景色是采用的印象派画风，专注于色彩和光影，不会具体到树底下那么微小的人物细节。

有一天晚上，张栩买了若雨最喜欢的《狮子王》的光盘和一百零一朵玫瑰花，在操场边弹着吉他，他向若雨表白，但被拒绝了。

陈若雨谈不上喜欢张栩，但也并不讨厌，可架不住张栩一直这么追求她。这年若雨放暑假回家，就向母亲吐露了烦恼："妈妈，学校里有个男生喜欢我，一直追我，可我对他并没有那种感觉。你说我应该怎么办？"

陈静秋听了后，心里"咯噔"一下：没想到女儿这么快就长大了，男女之间情感之事也该提醒提醒她了。现在年代不同了，自己当年的境遇应该不会发生在女儿身上，可是，女儿该找个自己爱的，还是爱自己的呢？她也不知道。

不知道若雾现在是不是也遇到这个问题呢？谁会给她解答呢？陈静秋这十几年无时无刻不在牵挂若雾，唉，当年如果不是万不得已，又怎么会把若雾送给别人家去养……好在知道若雾在什么样的人家，偶尔也能打听到一些音讯，知道现在若雾好像在广州上大学，陈静秋也能得到些许的慰藉。

“姐，你们女孩子就是毛病多，那男孩喜欢你，长得也不丑，那不就行了？”陈若风莫名其妙地有点不耐烦。

“女孩子毛病再多，你不也得喜欢上一个吗？”陈若雨觉得弟弟真是幼稚可笑。

陈静秋轻轻抚摸着若雨的头发，缓缓地说：“你不喜欢，也不要勉强。你还这么小，以后遇到的人还多着呢。”

爱在永恒之城

罗马，永恒之城。

12 年前，颜容在罗马美术学院读研。

繁重的课程，没日没夜地画画，哪怕罗马的风景再好，也没办法完全放松身心，全情投入。

不管什么领域的提高都是痛苦的。那种吃力的感觉，不亲身经历，是没有办法体会到的。旅行、出差，所有短期停留，罗马给人的印象都是“假日”，就像那个经典电影里的情节无时无刻不在发生一样。然而，名校的学习，不管是哪一门学科，哪怕是艺术，都同样折磨人。提高，不断地提高，对谁来说都不容易。

这天下课后，颜容想好好放松一下。为了亲身感受《罗马假日》中的经典桥段，颜容来到了圣天使桥。这座被誉为“台伯河上最美丽的桥梁”果然名不虚传，颜容走到桥上，仔细地看着桥上 12 个天使造型，精美绝伦，各不相同，贝尼尼的设计可谓是巴洛克式艺术的杰作。雕塑经过岁月风霜的洗礼，透出厚重的质感，颜容走到桥的一端，仔细端详着自己最喜欢的月之天使沙利叶的雕像，心里默默地想下次可以来这里把他画下来。这时，一只海鸥飞来，停在了天使的头上，映在晚霞中，一幅宛若天成的画卷。看到这一幕，颜容真想让时间停住。

这样美好的风景总是让人上瘾，忘记时间。该回去了！颜容不喜欢一个人在黑夜里回家，欧洲人太少，一个人走在无人的街头巷尾，感觉实在不好。

刚走出几步，咦？包呢？一定是落在刚才桥边的长椅上了。

一位身穿白T恤和牛仔短裤的青年，牵着一条德国黑背，正坐在那张长椅上，包就在他身边。

“对不起，先生，我能拿回我的包吗？刚才忘记了。”颜容轻柔地说着，优雅地指了指她的包，略带羞涩地微笑着。

“当然可以，小姐。”青年一边回复一边把包递过来。

那是一张无比英俊的脸，饱满的额头，高而直挺的鼻梁，薄薄的嘴唇，微微隆起的下巴，仿佛雕像一般俊美……哦，那就是上帝精心雕刻的作品，完美，一切曲线都那么完美。浅金色的头发和短短的络腮胡，在阳光下发出透亮柔和的光，仿佛给他的脸庞镶上了一层金边。

“谢谢！”虽然颜容如此中意这位英俊的男士，但出于礼貌，她很自然地低头接过包，目光有些不舍地从他脸上挪走。缓缓转过身，准备离开。

咦？什么东西在拽着我的包？

颜容回头一看，那条德国黑背正调皮地咬着挎包垂在地上的肩带。

“噢，实在对不起！松开，Puppy！”青年一边说着一边抚摸着黑背的头，往后拽着项圈。

但狗并没有松开，鼻子还在扑哧扑哧地嗅着什么。

颜容觉得这只大狗太可爱了。一定是包里的热狗被发现了！颜容不紧不慢地把包打开，拿出热狗，柔声问狗的主人："我可以喂它吗？"

"当然可以，小姐！非常感谢！"年轻的男士有点羞涩，但很高兴地接受了。

颜容温柔地打开包装，送到狗的嘴边。黑背低头欢快地吃起来。

这么大的一条狗，看到好吃的食物居然这么萌，颜容不禁甜甜地微笑起来，问道："它太可爱了，就像个小婴儿！这就是为什么它叫'小狗'吗？"

"没错！你怎么知道这么多？你是上帝派来的天使吗？"英俊的少年非常惊喜，脸色绯红地摘下了墨镜。

那是一双深邃的、蓝绿色如宝石般的眼睛，如此迷人。

作为回应，颜容开心地笑了。她惊叹于自己经历了如此完美的一幕，一切都太美好了，不是吗？

两个人愉快地聊起来，互相留下了联系方式，男士还非常绅士地送颜容回学校。还是一样的路途，两个人一起，就立刻让路上的一切变得如此美妙。

一位年轻的绅士，英俊、风趣、体贴、浪漫。

一位妙龄的女孩，善良、美丽、优雅、柔情。

Massi 和颜容，一段美好而忧伤的恋情就这样开始了。

如果可以，真希望这爱情也能如这座城市一般"永恒"。

颜容如画

第三章

萧墙之祸

别咬我

颜容坐在飘窗上，一条腿弯曲起来，双臂交叉环绕着，头略偏，出神地望着窗外。头发散开，蓬松，柔软，打着卷儿，好像开满了花朵儿的枝蔓。

“我总是有大把的时间用来发呆。”颜容自言自语道。

过了几秒钟，一个男声从背后传来：“那我陪你聊会儿吧？”

颜容扭头一看，赵卡卡正倚着房门站着，不知道什么时候他站在了这里。颜容微蹙眉头，略有不悦，不过这里是他家，想怎么着就怎么着吧。

但是颜容真的不知道有什么可以跟赵卡卡聊的。我是一个画者，他？我一无所知。身体条件很好，可以当模特，所以就要聊他的身体吗？想到这儿，颜容不禁觉得好笑，那个迷人的酒窝又从左侧脸颊泛起。

赵卡卡看一次醉一次。看到女神微笑，赵卡卡立刻受到了鼓舞，大方地走进颜容的房间，随手把门带上，心想这是我自己家，怕什么？

颜容觉得有点尴尬，只好先发制人：“你这么早就下班回来了？”一边说着一边从飘窗上下来，站在一旁，倚着墙壁，一只手臂弯曲起来，扶着另一只手肘。

“嗯，今天在外面开完会，就直接回来了。你怎么没跟丝蓓他们一起出去转转？”

“丝蓓带叔叔阿姨去八达岭了，我上午去看一个画展，就没一起。”

“哦。”赵卡卡应了一声。其实他开完会就立刻给丝蓓打了个电话关心一下今天的行程顺不顺利，听到丝蓓说颜容没去，而且她和父母要吃完晚饭才回家,他就赶紧回来了,他也不敢肯定颜容在外面还是在家里，但他绝不肯放过任何一个和女神单独相处的机会。

颜容垂着眼帘不知道看哪儿，也不知道说什么。

赵卡卡一直琢磨着说点什么，但颜容那曼妙的身姿和姣好的面容，无时无刻不在打乱他的思绪。他什么也没说出来,就是不停地偷瞄着颜容，又不好直勾勾地看着她。

两个人就这样默默地待了三分钟。

越是沉默，气氛越是暧昧。

赵卡卡浑身都已经烧起来了，脸憋得通红。他脑子里已经一万次地扑过去了，可是理智又告诉他不能这样，无比煎熬。

颜容觉得有点尴尬，要不请他出去，说自己要一个人待会儿？这也并没有不礼貌吧。正在琢磨着怎么请赵卡卡出去，不自觉地咬了咬嘴唇，想好理由了，正微微张开嘴要说话……

赵卡卡已经像一匹饿狼一样咬住了颜容的双唇。

因为这一切映在赵卡卡眼中是这样的：柔软湿润如桃花瓣儿一般的朱唇开了又合，皓月般的牙齿轻轻地咬起，软糯Q弹……这分明是在索吻！

颜容惊呆了，她还没太反应过来是怎么回事时，已经被逼在墙壁上动弹不得，只感觉到赵卡卡几近疯狂的吻。

不过颜容对于怎么对付这种情况已经很有经验了，绝招就是不回应。不要发出任何一点声音，不要挣扎，更不要迎合。男人如果没有进一步过分之举，就静静地等待他冷静下来，很多男人都不会被一个完全没有反应的女人燃起大火。

五分钟过去了。

赵卡卡并没有停下来。

颜容觉得情况有点不妙。

赵卡卡开始用牙齿咬颜容的衣服，她现在终于空出嘴来说话了。

“别咬了！”颜容使尽了全身力气，特别大声地呵斥道。

赵卡卡突然清醒了，赶紧松开颜容，看到她怒目圆睁，愤怒地瞪着自己。

赵卡卡顿时像一只泄了气的皮球。

“对不起！对不起！我得出去了，我有点事……”赵卡卡语无伦次地夺门而逃。

为悦己者容

赵卡卡漫无目的地在街上游荡着，不知不觉走了一个多小时，有些累了，看到一家网吧，便径直钻了进去。

对赵卡卡这个年纪的男人来说，打游戏是最好的疗伤药剂。

不远处就是露玫酒吧。

今天晚上有一位贵客。

寻露玫一直从一位朋友那儿进货，朋友叫赵向林，告诉她今天邀请了一位法国菲特酒庄的庄主同来,聊好了,以后可以直接从法国庄园进货。

推掉了今天晚上所有的行程，寻露玫早早地就坐在吧台前，特地倒上一杯菲特酒庄年份红酒，选了一个正对着门口的位置。为了迎接贵客，寻露玫精心打扮了一番。一条淡青色的旗袍，包裹着她玲珑有致的身躯，左胸绣着一只灵动的蜂鸟，随着身体的一举一动，呼之欲出。露玫眼窝是深凹进去的，双眸深邃水灵，眉骨平整，标准的水弯眉，始粗末细，如一波浪划破碧水，绵长荡漾。嘴唇上薄下厚，恰如其分的唇珠显得更为性感，涂上她最爱的香奈儿 84 号口红，加上职业习惯，嘴角永远微微上扬，总是带给人愉悦。

“渌水亭畔，你总爱笑，吹不散眉弯。”富有磁性的声音，附庸风雅的一句话。

寻露玫不用回头，也知道是谁来了。赵向林，多年生意伙伴。她慢慢放下高脚杯，微微向上扬起头，伸长脖颈，缓缓地转过去，为了留下一个完美的侧颜，还挑好角度中间稍稍停留了一秒，继续转头，回眸，停在一个恰到好处、令人回味的微笑上。

但这一切都是留给今天那位远到而来的贵客看的。

她如愿了。一位气度不凡的法国绅士风度翩翩地走了进来。很显然，他已经注意到了这位魅力非凡的女士。

“很高兴见到你！”蓦然踱步到寻露玫面前，轻轻握住她的手，俯身低头亲吻了一下她的手背。

“我也是。”寻露玫嫣然一笑。

两人愉快地用英语交谈起来。赵向林在一旁甚是尴尬，还有点醋意，只好默默品酒。说实话，能让赵向林吃醋的男人很少，但今天的竞争对手实在太强了，经济实力、对红酒的品鉴能力、外貌、谈吐……恐怕只能甘拜下风了。

沦落人

赵向林实在没意思，就从酒吧里出来透透气，点燃一支烟，走了几步，发现旁边有一个环境不错的店，大落地窗，木制沙发，很少的几个人戴着耳机对着电脑坐着。居然是家网吧！人口密度这么低的网吧，还能经营下去，看来走的是高端路线，赵向林琢磨着自己是不是也要投资开一家，这是职业习惯。

咦？那小子不是卡卡吗？

赵向林无意中看到了正在玩游戏的赵卡卡，就走进去拍了拍他的肩膀。卡卡抬头一看，“二叔？！您怎么在这儿？”

“跟朋友谈点事儿。你呢？”

“嗨，没事儿干，瞎玩儿会儿。”

“不早啦，赶紧回家吧。”

“行。”

两个失落的男人，特别简短的谈话。也许都有烦心的事儿，不愿意多说，彼此心照不宣。

颜容很无奈。一定要这样吗？为什么闺密的男人喜欢自己这种事情总是发生？是我做错什么了吗？可我根本没有这样的意图！难道我不经意间发出了什么错误的信号？

画画吧，不停地画。没有比这更单纯的事了，只要拿起画笔，整个世界都安静了。

丝蓓回来了，颜容赶紧收起了脸上的不悦。

李丝蓓走进来：“爬了一天长城，累坏了。快让我看看大画家今天的作品！”她一边说着一边伸出胳膊过来挽着颜容。

颜容淡淡地微笑了一下，“刚开始画。”

整张纸只有中央有一双忧郁而愤怒的眼睛，似有眼泪正要流出。眼睑、睫毛、瞳孔、虹膜，甚至泪腺，每个细节都非常清楚，整个画面传递出一种委屈、无奈的信息。

“太生动了！”李丝蓓不禁赞叹，“看得我都快哭了！”

李丝蓓又把画纸拿在手里细细端详了一阵。末了说道：“你继续，我做好饭叫你。”

颜容又静静地坐在窗前继续画了起来。想想不久前窗边发生的一幕，颜容赶紧拉上窗帘，离开是非之地，把画笔和纸拿到床上去画了。

对面窗户里，有人也正在匆匆地拉上窗帘。

晚餐时赵卡卡并没有回来。李丝蓓给他打了个电话，简单地说了两句话就挂了。卡卡不回来吃了，李丝蓓已经习惯了赵卡卡在外面吃饭。

颜容默默地松了一口气。说实话，李丝蓓菜做得很可口，叔叔阿姨也很热情地给她夹菜，可是真的没胃口。

颜容像完成任务一样吃完了晚饭，礼貌地谢过叔叔阿姨，就又回房间画画去了。

我还是尽快离开吧。颜容默默地盘算着。

画到很晚，李丝蓓和叔叔阿姨都睡了，颜容蹑手蹑脚地洗完澡，从卫生间出来，正好碰到赵卡卡回来。

真是冤家路窄！

颜容还是穿着那件裸色睡衣，头发有点湿，搭在肩上，水滴漫延到胸前，让睡衣更透了……

颜容迅速地回到自己房间，把门锁上了。

赵卡卡有点蒙。洗洗睡吧，还能有什么非分之想？赵卡卡看到颜容对自己唯恐避之不及，有些泄气。

卫生间里还弥漫着颜容留下的香气。水从花洒中出来浇过头顶，赵卡卡闭上眼睛，忍不住回忆起下午发生的一切——他正贪婪地吮吸着女神口中如花蜜一般香甜的汁液，一只手扶着颜容的后脑勺，一只手放在颜容的后腰上……

不可辜负

接下来的几天，赵卡卡备受煎熬。自己梦寐以求的女人天天在自己眼前晃，就是不能碰！赵卡卡也知道，在媳妇儿、老丈人、丈母娘眼皮子底下，这样的念头是不应该有的。虽然道德上的界限自己很清楚，可是身体对这个女人的渴望每天都在增加，赵卡卡只能拼命地抽烟，疯狂地打游戏发泄。可是对于丝蓓偶尔睡前的要求，赵卡卡都以太累太困搪塞过去。媳妇儿要不高兴了，赵卡卡就还是那句话：老夫老妻了，都这样。

赵卡卡每时每刻都在期盼着能再有与颜容独处的机会，心想下次必须把事办成了。但又害怕一直到颜容离开，也没有这样的机会。

这天晚上，赵卡卡都在盘算着夜里怎么去敲颜容的房门。

李丝蓓收拾完一大桌碗筷，在厨房忙活老半天，又端着一盘切好的木瓜从厨房走出来："来！大家都来吃点水果！"

"容，我记得你是爱吃木瓜的吧？"李丝蓓一边麻利地拿出一整套水果叉摆上，一边探头望向颜容的房间问道。

"嗯，爱吃啊，就是觉得籽儿有点恶心，密集恐惧症。"颜容还在专注地画画，眼睛都没有挪开画纸，不假思索地回答了一句。

李丝蓓抿嘴笑了笑："这不给你弄好了吗？快来吃吧！画痴！"

"啊！你都切好了！太贴心了。"颜容意识到自己再不去就有点失礼了。再说，美食当前，岂能辜负？颜容走出房间，回报李丝蓓一个甜甜的微笑作为感谢，拿起水果叉取了一块木瓜，愉快地咀嚼起来。

"嗯！真甜！"颜容真诚地夸赞，突然想起什么来，"你刚才叫我什么？花痴？"

"哈哈哈！是画痴！要花痴也是别人花痴你呢！"李丝蓓乐了。

“不行，这个名儿不好听，我不喜欢。看在木瓜的分儿上原谅你一次，下不为例。”颜容说。

“好好好！味道不错吧？！”李丝蓓赶紧下台阶，转移话题。

真正的花痴正在直勾勾地看着颜容被果汁滋润的嘴唇。末了，赵卡卡意识到自己有点失态，补了一句作为掩饰：“有那么好吃吗？”

“嗯！”颜容都没看他，但为了不让大家看出什么异样，礼貌性地回应了一声，不动声色。

“我们实验室可以给你研究一下怎么培育无籽木瓜，到时候请你作为品鉴专家。”赵卡卡一看颜容接话了，暗自以为女神已经原谅自己了，顺着杆儿往上爬。

“哈哈……”一句话把大家都逗笑了。

李丝蓓觉得赵卡卡又傻又可爱，毫不避讳地过来挠挠卡卡的头，又捏捏他的脸蛋儿，最后还忍不住亲了一口。

赵卡卡配合地左右摇晃着脑袋，脸上摆出顽皮又满足的表情，然后头歪着乖乖地把脸送给丝蓓亲。

颜容忍不住被眼前这一幕逗乐了，“扑哧”一声轻笑，又赶紧收住。

李丝蓓和父母都在看着卖萌的赵卡卡，并没有注意到颜容的反应。

丝蓓的父母不好意思地笑了笑，说：“你们年轻人好好聊吧”，就知趣地回房间里休息了。

赵卡卡绝不会放过女神任何一个细微表情。此刻，他心花怒放。

有戏！就今天晚上行动！赵卡卡就这么愉快地决定了。

美女当前，岂能辜负？

计划失败

深夜，李丝蓓和父母已经入睡很久了。

颜容房间一直锁着门，也不知道是在画画还是睡了。

赵卡卡穿着睡衣歪在客厅的沙发上，一直在打游戏，或者说是在周密计划着怎么实现自己的愿望。

怎么办呢？有主意了！

假装梦游！

赵卡卡想出这个点子后十分满意自己的智商。首先，找到颜容房间钥匙，确认颜容已经睡了以后，假装梦游迅速开门进去，径直上床，抱住不放，然后该干啥干啥。一定得稳准狠，眼睛得闭好，怎么叫也不醒。

可是家里这么多人都在，万一动静大了可怎么收场，老丈人丈母娘都在家里呢！再说了，女神对自己好像兴趣也不大，还是忍忍吧！可是观察了这么久，女神也不像会把这种事情闹大的人吧？不对，那天我亲她她拒绝了呀！一点也没有配合的意思，还让我下不来台出去躲了一晚上……

赵卡卡越想越糊涂，真是女人心，海底针！算了，困了，忍忍睡吧。

“我能怎么办？我也很绝望啊！”赵卡卡自言自语地轻轻嘀咕了一句，就歪在沙发上，随便扯了件大衣盖上，迷迷糊糊地睡着了。

第二天早晨，大家都起得很晚。

“臭宝！起床了！都几点了！”赵卡卡朦胧中听到李丝蓓在叫自己。

赵卡卡使劲儿揉了揉眼睛，发现自己躺在卧室。

“爸妈和颜容这几天就要走了，咱俩今天去买点什么给他们？”李丝蓓问道。

赵卡卡根本没听进去。我昨天好像睡在沙发上的吧？什么时候回床上的？

“听见了吗？”李丝蓓晃了晃卡卡的胳膊。

“嗯？嗯！”赵卡卡赶紧点了点头。不管媳妇儿说的是什么，同意就行了，这么多年的婚姻生活，卡卡早已训练有素。

昨天晚上我到底什么时候回屋的……卡卡边纳闷着边从床上爬起来。

“呀！”李丝蓓从颜容的房间传来一声尖叫。

赵卡卡赶紧跑过去看。

“颜容不知道什么时候走了，留下了这个。”李丝蓓递过来一张纸，上面写着：“丝蓓，谢谢你和叔叔阿姨的热情款待，我有急事，今天一大早就得走了。太匆忙来不及提前跟你们说，实在抱歉。这幅画留给你作为礼物。颜容。”

丝蓓之前看到的那幅画放在铺好的床上。画纸中间一双无比忧伤的眼睛，噙满泪水，但没有一滴流出来。两道似怒似悲的柳叶弯眉微微上挑，眉心稍蹙，秀气的鼻子、轻咬一侧的嘴唇和几笔脸颊线条，形成一个心形的画面，右下角写着：“心中的泪，颜容，2017 年 2 月。”

天意弄人

女神走了，假期结束了，赵卡卡无比失落。

刚过完年，没出正月十五，还没有真正忙起来，赵卡卡在实验室查了几天文献，居然真的研究起怎么培育无籽木瓜了。

颜容为什么不辞而别呢？她走的前一天夜里到底发生了什么？赵卡卡总觉得有点不对劲，但又说不出来为什么。

赵卡卡绝对想不到，那天夜里自己真的梦游了。虽然他之前从来没有梦游过，但因为对颜容的欲望太过强烈又压抑了太久，只能在熟睡了以后爆发。梦中，他从卫生间镜柜抽屉最里边拿了房门钥匙，打开了颜容的门，进去，关上门，锁好，躺到颜容身边，抱住她。直到颜容惊醒，开灯，看到闭着眼睛的赵卡卡，震惊，慌乱，奋力挣脱，挣脱不开，到最后捂住嘴不让自己发出尖叫，强忍着泪，委屈地任赵卡卡任意摆布……

赵卡卡根本不记得自己做了这样的梦，更不可能想到自己还梦游了。

这就是颜容不辞而别的原因。她不想破坏丝蓓的家庭，对赵卡卡仅仅是在偶然情况下从艺术的角度分析过他有一个美好的肉体，并没有别样的感情。赵卡卡梦游时对她所做的一切也不能完全怪他，毕竟他当时根本不能有意识地控制自己的所作所为。颜容知道，叫醒一个梦游的人是危险的，为了不让赵卡卡突然惊醒而对他造成生理伤害，也不让自己因叫醒梦游者而受到他的攻击，更不让李丝蓓和叔叔阿姨被吵醒后面对无比尴尬的局面，颜容当时只能默默忍受，祈祷一切赶紧结束，恢复平静。好在当颜容不再挣扎时，赵卡卡突然起身出去了。

颜容赶紧擦掉眼泪，连夜收拾东西，天一亮就直奔机场。

除了离开，颜容还有什么别的选择呢？这一切她没有办法跟任何人去倾吐、去解释，只能默默地将委屈和无奈吞没。也许她春节选择来北京就是命中注定的错误，可是人有的时候，却只能服从命运的安排。

颜容如画

第四章

缘起缘灭

柳暗花明

李丝蓓联系不到颜容了。发微信也不回，电话也关机。李丝蓓有点纳闷儿又有点挂念。到底有什么急事？

颜容一个人坐在机场大厅的椅子上。

天一亮她就从李丝蓓家出来了，直奔机场。她并没有想好去哪儿，只是想尽快离开是非之地。现在她稍微平静了一些，尽量不去想昨天晚上发生的事。

“过去的就让它过去吧。”颜容自我安慰着。

不过，要去哪儿呢？去看看爸爸吗？可他总是那么严厉，从来只问自己的专业，不问其他。颜容从小就没有妈妈，爸爸也不愿意提，只说过妈妈生下她以后就去了很远的地方。因为爸爸过于严厉，颜容从来不敢多问。但这么多年，多亏了他的培养和教育，颜容对父亲是又敬又畏。颜容想，毕业已这么久，在艺术领域还没有取得让爸爸满意的成绩，每次回深圳看他，都会很紧张。现在这个时候，颜容需要安抚和关爱，还是先不要让自己神经再紧张起来了。

要是妈妈在就好了。颜容无数次地这么想。

不如找个风景优美的地方写生去吧？颜容上网查机票，顺便检查了一下邮箱。

一封特别的邮件引起了她的注意，点开一看，竟然是个意外的惊喜。

前一阵从阿姆斯特丹回北京飞机上偶遇的那位蓦然先生发来了

邮件：

“你好，美丽的容，波尔多的春天终于来临了……

这正是我想念你的原因，

春天需要花朵，

而你在哪儿？”

颜容怦然心动，对艺术和感情共同的敏感让她与蓦然即使身隔千里，心也近在咫尺。指尖一触到键盘，就有感而发，立刻回复道：

“我就在这里，等待与你再次相遇……”

好，就去法国。颜容赶紧查阅了北京飞波尔多的机票，需要中转，巴黎还是阿姆斯特丹呢？想到与蓦然初次遇见是在阿姆斯特丹飞北京的飞机上，那就再选这里吧！

美好的经历总是让人想重温，而痛苦的经历总是让人想逃避。这都是人之常情。

洗心革面

过了两天，李丝蓓终于收到了颜容的回复：“我已回欧洲，勿念。”

但从这以后颜容的微信就几乎没有回音了，李丝蓓好几次拨打国际长途给颜容意大利的号码，都是一堆听不懂的自动回复，难道手机号也换了？父母已经回老家了，赵卡卡老在实验室加班，李丝蓓实在无聊得很。

这天晚上，李丝蓓叫上了方昀去露玫酒吧。

“丝蓓，今儿太阳打西边出来了，你主动约酒局，有什么好事儿啊？”方昀调侃道。

“她实在无聊了吧？”寻露玫替李丝蓓解围，转而又对丝蓓说：“我觉得你以前工作的时候挺好，程序员累是累，好歹有事干就不会空虚啊。”

李丝蓓默默地抿了一口酒，什么也没说。几年前她为了安心调养身体备孕，连工作都辞了，一眨眼几年过去了，孩子没生，做家务活倒成了一把好手。

“你别给赵卡卡当保姆啦！你那么会做饭，出来开家餐馆也行啊！我给你投资！”方昀大气地说。

“就是，你们这一年一次的怎么可能怀得上孩子，还不如干点儿别的呢，程序员得不停地学习，你一个女孩子，又荒废了那么多年，放弃是合情合理的。我也觉得开家餐馆挺适合你。”寻露玫表示赞同。

李丝蓓有点被说动了：“你们真的这么觉得吗？”

“那当然了！”两个人异口同声地回答道。

“来！为了丝蓓的新事业，咱们得干一杯！”方昀举起杯子。

“干杯！”

“丝蓓，你多喝一点儿啊！大口喝！”

“我最近认识了一个法国帅哥特别友好！”

“是吗？！赶紧看看照片啊！有吗？”

“方昀，你那个黏人的帅哥今儿怎么没来啊？”

……

三个女孩还是如此亲密，就像当年在大学宿舍一样。

几个小时后，就剩下寻露玫清醒着。这回好，倒了两个。怎么办？寻露玫琢磨着赵卡卡是不会来接李丝蓓的，只能亲自把她送回家了。方昀吗？好办，给白宇打个电话，半小时内准接走。

方昀一睁眼发现自己又在白宇家了。怎么又是他？方昀心想，看来是昨天寻露玫给他打的电话，难道她也觉得我俩合适？

边想着，正要伸手去摸衣服穿。

“别穿了，省得一会儿还得脱。”白宇坏笑着走进来了。

方昀白了他一眼，“姑奶奶要走了。”

“别啊，咱俩就在这里待着呗。就像亚当和夏娃一样，一丝不挂地生活着……”

“你再贫！”方昀扬起手掌假装要抽他的样子。

白宇趁机一把抓住方昀的手腕，顺势坐到床边，“生气啦？”他笑盈盈地看着方昀，“我又没说错，亚当和夏娃就是一丝……”

“人家好歹穿着树叶好吧？你松开！”

一看方昀真有点儿生气了，白宇赶紧正经起来，清了清嗓子：“嗯，那什么，我得去趟公司，餐厅有早饭。”说完真起身要走。

方昀看他又跟上次一样，一身笔挺的西装，故意气他：“白先生，您是房产中介还是婚庆主持人啊？一到周末就西装革履的，装什么大尾巴狼啊？哎！你别走！”

白宇已经从房间走到了客厅。

“啊——啊——”她奋力地捶着枕头，又把头埋进去，像个小女孩般“啊啊”地叫着。

方昀为自己感到懊恼，想到李丝蓓都要重新开始工作了，自己也不能再这样混下去了。

好久不见

周六晚上，陈若雨给自己安排了购物放松一下。

买车一年多了，陈若雨对上海的大街小巷也已经比较熟悉，去哪儿逛商场、哪个附近小巷可以停车都了如指掌。可这年头停车费涨得太离谱，若雨总觉得这钱花得太冤枉。

陈若雨有点怀念在长沙上学的日子。毕业后来上海工作这么多年，一个人真的是有点孤单。

手机铃声响了起来，是老板打过来的。陈若雨立刻拿出十二分的精神："喂，赵董？"

"立刻来办公室，明天一早前准备好这个月的财务报表。"

"好的！"

赵董大部分时间在北京总部，有时会来上海，一般没什么急事他是不会让陈若雨这么晚去加班的。要得这么急，若雨不敢怠慢，立刻开车奔向公司了。

到了公司，陈若雨用最快的速度来到了办公室，整了整衣服，轻轻地敲了敲老板的门。

"进来！"一声干脆的回应。若雨推门走了进去，一袭深蓝色暗条纹的职业裙装，良好的质地，合体的裁剪，将她的身材包裹得玲珑有致，深V衣领开得恰到好处，细长的粉紫色亚光丝带系在腰间，既避免了单调又不轻浮，让这身连衣裙既优雅又很提气。

若雨的车里一直会放一两套职业装，以备不时之需。好歹也算是公司的管理人员，她习惯了任何时候出现在公司都穿正装，以显示自己对工作的重视。只不过略微卷曲的长发散在双肩，还是暴露了她刚才的休闲状态。想到这里，若雨不禁紧张了一下。

赵向林扫了她一眼，用笔点了点杯子旁边的一沓材料，又抬起手腕看了看表，说："时间还早，赶紧去忙吧，今天辛苦一下。"说完立刻又专注地埋头工作起来。

“好的。”若雨声音平静而响亮，拿起材料，脚步稍快地走出房间。

不慌忙不抱怨，又透露出完成任务的自信和沉着，还有点专业素质，赵向林想，那身装扮也不错。不过只是一闪的念头，这还一堆事等着呢，哪有闲心赏美。

若雨端坐在电脑前忙了起来。若雨带上眼镜，挽起长发，专注地盯着屏幕，手指飞快地敲打着键盘。

办公室里，赵向林点燃一支烟，按了按太阳穴，银行的贷款还没办下来，这次的收购拿不拿得下来，就看最后这几天了。

张栩来上海已经有些日子了，做了几天的功课，他终于找到了若雨公司所在的地点，可惜已经是周末了，恐怕很难在这里碰到心上人。他站在若雨公司楼下点了一支烟，静静地凝视着亮着灯的窗户，眼前这栋楼里，若雨在不在呢?

张栩不由自主地拿起了电话，拨过去。

若雨正咬着嘴唇，琢磨着报表，手机不合时宜地响了起来。若雨皱了皱眉，陌生的号码，拒接。铃声再次响起。

“喂？”

“若雨，我是张栩。”

“是你？！”若雨十分意外，声音不禁大了些，下意识地瞟了一眼赵向林的房间，赶紧压低声音说：“我正加班呢，有什么事吗？”

“哦，没事，我只是很久没跟你联系了，问候一下。那你赶紧忙吧，别太累，先不打扰了。”张栩总是恰到好处地结束不必要的谈话，这个电话的目的已经达到了，若雨就在楼里。张栩嘴角泛起微笑。

陈若雨终于在周日早上5点前把月报准备好了，深舒了一口气，骨头都快散架了。

赵向林揉了揉太阳穴，起身走到落地窗前，拉开窗帘，已经天亮了。

赵向林心想：陈若雨，工商管理专业毕业的高才生，说加班就加班，毫无怨言，活儿也完成得漂亮，这个年轻女孩，不简单哪！现在单身、年轻又没有背景的女孩想要过上富足的日子，靠自己拼搏获得成功，太难也太少了。寻露玫那样有心计的女人，依仗自己的姿色周旋于多个男人之间，不是为了结婚，而是为了拿住男人而获取巨大的利益，走的又是另一条路。赵向林虽然知道她很危险，但是男人的征服心又让他沉溺于玩火的刺激和快感中，不能自拔。眼前这个陈若雨，虽是个黄毛丫头，但她身上有股执着劲儿，沉着而从容，也没有给人急功近利和用力过猛的感觉，这让赵向林不得不有点佩服。

他走出办公室，打算和陈若雨聊聊。“辛苦了，小陈！公司就需要你这样敬业又有实力的员工啊！你这么优秀，有没有考虑过去总公司工作？”见陈若雨有些惊讶，没有正面接应，赵向林便不动声色地深吸一口烟，点点头说：“像你事业心这么强的年轻人现在并不多，尤其是女孩，好好干！”多少女人都想过上安逸的日子，这个小丫头难道要在男人的战场上拼一拼？不觉得可惜了俊俏娇柔的模样和身段？想到这儿，赵向林不禁笑了笑，但也因此对陈若雨刮目相看。

“赶紧回家休息吧，小陈。我得去机场了。辛苦了！”说完，赵向林就离开了。

若雨终于松了口气。真希望有个肩膀可以靠一靠……有个人陪伴就好了，哪需要什么海誓山盟？！若雨想，其实两情若是久长时，就在朝朝暮暮！

这样的人为什么这么难找呢？也许是太执着于找一个自己所爱的人？如果是找个爱自己的，早就不会形单影只了，可是，那样真的会快乐吗？

若雨边想着边走出了写字楼。

那个人是？若雨发现张栩竟然出现在大楼门口。

若雨十分惊讶。她万万没想到张栩会出现在这里。

“怎么，都这么多年没见了，不打算给我一个拥抱吗？”张栩笑着说。

若雨却停下了脚步，笑盈盈地站在那里。就好像当年在樱花树下一样，还是那么仙灵动人。

张栩走上前，张开双臂，顿了顿，轻轻地抱住了若雨的肩……他怕抱紧了，若雨会把他推开。片刻，张栩端详着若雨，眼神变得坚定起来，“你知道吗？这些年来，我的心里一直只有一个人。”

若雨微微张开嘴，深深地吸了一口气，又缓缓呼出来，没说什么，她心里都明白。末了，仍旧是笑盈盈地看着张栩。

张栩认真地说：“你的笑容还是那么美。”

当年毕业时，张栩在若雨宿舍楼底下点了99根蜡烛，摆成“LOVE”的字样，一遍又一遍喊着“陈若雨，我爱你”！等了一夜，直到后半夜下雨把蜡烛浇灭，若雨也没有下楼。被伤透了心的张栩就去了深圳，而若雨则去了上海工作。

“你怎么知道我在这里？”若雨还是有点诧异。

“其实我一直知道你的境况。”

时隔多年，两个人的心境却依然没有太大的变化。

一日蜕变

这天晚上，李丝蓓想跟隋意和黄誉取取经。他俩在上海工作几年后，自己搞了小生意，做服装出口，经营得还凑合，好像之前也搞过餐饮。

李丝蓓的初步想法是开家云南菜馆，想咨询下他俩有什么经验。

“搞餐饮太累了，你自己一个人根本没法开始啊！”没想到电话刚打过去，隋意就劝李丝蓓。

“你做菜不错的话，还不如找个轰趴馆（“Home Party”的音译）帮厨。”黄誉建议。

轰趴馆？卡卡的表弟不就开了家轰趴馆吗？我怎么没想到？

李丝蓓赶紧谢过黄誉和隋意，准备和赵卡卡商量这事儿。

赵卡卡正目不转睛地查着文献。

丝蓓一说，他竟然毫不犹豫地同意了。

“你直接去跟浩子说吧。”赵卡卡头也不抬地回复。

李丝蓓实在不知道怎么样才能让卡卡对自己感兴趣一些了。不管自己说什么，似乎都不能引起他的关注。

“臭宝，你是不是觉得我不好看？”李丝蓓鼓起勇气问道。

“老夫老妻了，有啥好看不好看的。”赵卡卡一心想早点结束不必要的闲扯。

李丝蓓本想再问点什么，还是作罢了，自讨没趣。

三个女人又聚在了露玫酒吧。

李丝蓓愁容满面。

“已经三个月了……”李丝蓓面无表情，木木地念叨着。

方昀和寻露玫看着挺心疼。

“你们家赵卡卡也太不像话了！有他这样当老公的吗？李丝蓓你怎么这么能忍啊！你也太没底线了！怎么都惯到这份儿上了？行不行啊？不行离婚！反正又没孩子！”方昀替丝蓓打抱不平，气不打一处来。

“为什么呀？你们家卡卡不会是有什么问题吧？”寻露玫有些意外，又轻声问丝蓓，“你们家卡卡有说过对你哪儿不满意吗？”

“他说我眼睛小……”李丝蓓还是像根木头一样机械地回答。平时丝蓓本就不解风情，喝点酒更木了。说话倒是实在，谁也不瞒着。

方昀和李丝蓓不出声儿了。原来这就是问题所在，可她俩都想不出解决方案。男人嘛，说到底还是视觉动物，李丝蓓明显不是赵卡卡喜欢的类型，这能怎么办？“我就纳闷儿了，你俩当时怎么就在一起了？还在一起这么多年？”方昀觉得匪夷所思。

寻露玫偷偷用手肘碰了下方昀，提醒她照顾下丝蓓的情绪。

方昀知趣地收住了，无聊地把玩着车钥匙。

过了许久，寻露玫建议：“丝蓓，要不你那个什么前化个妆试试？”

李丝蓓扭过头睁大双眼看着她，好像抓到了救命稻草：“这行吗？可我不会化妆。”

“我教你。以前上学的时候就跟你说过，你也从来没听进去。”寻露玫柔声数落了一下李丝蓓。

李丝蓓乖乖地点了点头，眼巴巴地看着寻露玫：“今天就学吗？”

寻露玫笑了，心想这个赵卡卡，可把丝蓓委屈坏了，赶紧安慰道：“乖，今天咱不用学，我给你化一个，保证美艳得很！”

“对！美美的！”方昀赶紧在一边附和，还伸出手放到丝蓓脸庞下，做了个花朵的姿势配合一下。

寻露玫真是手巧，不一会儿，李丝蓓居然明艳照人了。

丝蓓看着镜子中的自己，简直不敢相信自己的眼睛：“化个妆就能变化这么大吗？”

“还有变化更大的呢。来，我带你去后面房间换条裙子，吹个发型。”寻露玫继续鼓励丝蓓。

三人一起到了露玫酒吧老板娘的房间。

这是一个不大的房间，摆放了一张办公桌。办公桌侧后方有一个小门，推开，居然是个衣帽间。不同颜色、不同款式的裙子，整齐地挂着，有旗袍、有礼服，看起来每一件都质地很好，价格不菲。还有很多高跟鞋、配饰，在灯光的照射下，一闪一闪的。

李丝蓓好像刘姥姥进了大观园，眼睛都直了。

“哟！你这儿好看的裙子可真不少啊！以前都藏着没让我们看见哪？是不是怕被我们抢走了？哈哈！你说对吧，丝蓓？”方昀打趣道。

“别听她胡说，她家里的比这儿更多，东西更好。”寻露玫赶紧解释，“我就是有时候酒吧有重要活动来不及回家换，就放这里了。”

“重要活动？是重要客人吧？比如从法国远道而来的？”方昀不依不饶地开着露玫的玩笑。

寻露玫没理她，随手拿了一条米色的连衣裙，话题一转：“丝蓓，你穿上这个试试，这是一个朋友送给我的，号大了一点点，我都没穿过。”

这条裙子是这里边最不显眼的一条了，可是也比李丝蓓自己身上的衣服好看很多。

不得不说寻露玫眼光还是挺毒的，大小正合适，颜色、款式都不张扬，很适合丝蓓的气质。

等李丝蓓换上了，寻露玫又给她找了一双米色的鞋、一条米色和淡薄荷绿相间的长丝巾，以及一条玫瑰金色镶香槟金水晶的长项链配上。末了，再把丝蓓的头发用卷发棒稍稍弄出了一些大波浪。

李丝蓓简直不敢相信镜子里的美女就是自己。加上酒精的作用，她有点恍惚。这样被自己惊艳的感觉似乎也曾体验过，不过已经是好多好多年前了。她从小到大一直都有点胖，是有点敦实的那种体形，直到21岁那年减肥成功，才看到了蜕变后的自己，居然也可以这么美丽。也正是那年，认识了赵卡卡。

醉人之美

早春的波尔多，还有些料峭之寒。

维克多·雨果说：“这是一座奇特的城市，原始的，也许还是独特的，把凡尔赛和安特卫普两个城市融合在一起，您就得到了波尔多。”

水镜广场在此时并没有喷泉，显现出一种苍凉和肃穆的景象。蓦然已经按照此前约定的时间，在这里等待颜容的到来。颜容刚到这里，就立刻找到了站在广场中央女神像底下的蓦然。一件考究的黑色骆驼毛大衣，显得他的身躯格外挺拔。长途旅行，颜容有些疲惫，但带着憧憬而来，脸色并不憔悴。

蓦然见到她，喜出望外地张开双臂，“可以吗？”希望能和颜容进行一次法式的贴面礼。

颜容欣然接受了。

右边，左边。嘴唇发出声音而面部接触的吻，两下。颜容瞬间就被蓦然的热情温暖了全身，希望浪漫优雅的波尔多能抚平她的创伤。

蓦然体贴地亲自为颜容打开了车门。这是一辆黑色老爷车，车门是往前开的。应该有很长的年头了吧？颜容默默地想，可车看上去很新，保养得很好。坐进去，米色的真皮沙发非常舒适。蓦然同她一起坐到了后座上，看得出来，他很高兴。

驱车到了酒庄，颜容深刻体会到，波尔多的一切几乎都是关于葡萄酒的，空气中都弥漫着葡萄酒的芬芳。不论在哪个酒庄里，人们都端着郁金香杯讨论着去年的收成，或是葡萄酒市场，抑或葡萄酒的品鉴，享受着波尔多特有的乐趣。

蓦然所拥有的菲特酒庄，创始于 18 世纪，地处加龙河右岸的高地，位于“波尔多第一坡”。蓦然是一位年轻、现代的葡萄酒工艺学家，将其全部精力和金钱投入到对保存红酒至关重要的酒窖建设中，以及精选葡萄树苗的种植之中，继承和捍卫着家族传承的波尔多著名的红酒。

颜容早就对波尔多的酒庄有所耳闻，也憧憬了很久，但一直没有机会来这里。在意大利留学期间，她曾多次想在法国度过一段时间，但因为和 Massi 的分歧，只有几次机会在巴黎度过了寥寥几日。毕业后，前往巴黎发展，却忙于参加各种画展，急功近利，居然也未曾到过法国其他风景优美的地方，比如波尔多。

见到这座古堡一样的酒庄时，颜容身体的每一个细胞都激动起来，太美了。整个酒庄被一个圆形的道路与旁边大片的葡萄园隔开，砖红色的尖顶和淡黄色的墙壁构成了酒庄的基本色调，庄园建筑的落地窗很大，颜容想，等到葡萄成熟的季节，站在窗户内侧向外看葡萄园，一定特别美，美醉了。

波尔多很美，罗马也很美。不一样的美，若要取舍，真的很难。

体味香醇

蓦然请颜容到了庄园的起居室，房间又高又大，墙壁用大理石装饰，多年的使用和保养让墙面发射出柔和的光，给人厚重温润的质感。房顶中央巨大的水晶吊灯在阳光的映射下闪闪发光，晶莹剔透，一尘不染。

管家从酒窖取来了一瓶红酒就退下了，蓦然亲自用专用的开瓶器打开了这瓶酒，缓缓地转动着软木塞，仔细地观察，确认软木塞完好无损之后，把浸酒的那一端放在鼻子前嗅了一下，露出了满意的微笑。软木塞没有一丁点儿霉腐味，甚至还有淡淡的酒香。蓦然把酒缓缓倒入一个直径很小的天鹅颈形状的醒酒器中，放在一旁静置，然后转身面向颜容，嘴角边两道富有魅力的法令纹形成一个完美的弧度，盛满了所有的热情。

蓦然在颜容身边坐下，看着稍有些拘谨的颜容，幽默地说：“我想我应该在这里摆上画架和纸笔，对吗？那样会让你感觉更放松一些。”

颜容还陶醉于蓦然开酒时那专业又专注的一举一动中，被他冷不丁来的这么一句给逗乐了，笑着说：“千万别这样，这让我感觉在工作。”

化解了生分，两人愉快地交谈起来。蓦然饶有兴趣地给颜容介绍他的庄园、酒、葡萄，也时不时地请颜容介绍她对西方美术各个派别的喜好。

末了，蓦然仔细地问了问颜容喜欢什么样的创作环境，特别是给别人画肖像的时候。颜容说当然是越安静越好，您的酒庄如此美丽安静，就是最佳的绘画场所。蓦然爽朗地笑了，但仍特地问了下颜容，是否有特别的要求。盛情难却，颜容就补充了一句：“如果您想要画全身肖像，我或许需要一个梯子。”

没想到蓦然眨了眨眼睛，狡黠地说：“我的确需要全身像，但我想并不需要梯子，而是别的。”

颜容将信将疑地点了点头，客随主便。

不知不觉过了两个小时。当酒里的单宁与空气充分接触后，蓦然把一张洁白的餐帕平铺在大理石台面上，从旁边的架子上取了两个郁金香杯，从醒酒器中缓缓倒入了五分之一杯的酒，微微向外倾斜酒杯。酒中没有木屑和杂质，颜色如红宝石一般动人。

蓦然将盛装红葡萄酒的杯口罩住鼻孔，微闭双眼，深深呼吸。良久，轻声对颜容说：“这让我想起了那年的葡萄园。”

蓦然浅浅地抿了一口酒，含在口中，用舌尖将酒液推向口腔的四周，尽可能地感受着酒的醇美，慢慢体味口腔中的香气。

颜容这才注意到，放在桌子上的酒瓶上只有一个手写的标签，“Merlot，1985”，其他什么也没有。看来这酒是不卖的，而是这个庄园里珍藏多年为数不多的几瓶。颜容很感动于蓦然的诚意，略有些激动地品尝了一小口这红宝石色的浆液。沁人心脾的芳香，又醇又柔的口感，舌尖的愉悦立刻扩散到全身。

理想与现实

寻露玫很仗义地把李丝蓓送回了家。今天难得丝蓓装扮得如此惊艳，总不能没有护花使者吧？

“叮——”指纹锁响了。

“蠢宝，你回来啦？”赵卡卡正歪在沙发上打游戏。

李丝蓓没有回应，只是穿着高跟鞋踱步到了赵卡卡面前。

天哪！怎么又来这出……赵卡卡乍一看以为颜容又回来了。哦，原来是自己媳妇儿啊！难怪身材长相还是要差一些的。

“今天是什么日子呀？打扮得这么好看？”赵卡卡看到不一样的李丝蓓还是很高兴的。

“是咱们认识17周年纪念日呢！”李丝蓓开心地笑着。喝了一点酒，今日的笑容比平时多了一些东西。

赵卡卡心想，自己媳妇儿捯饬捯饬还是不差的。他特别好奇地想看看丝蓓喝醉以后会有什么样的举动。

丝蓓晃晃悠悠地坐到了赵卡卡身上。

“还喷了香水呢，蠢宝。”赵卡卡很久不曾像今天一样想亲一亲李丝蓓了，“去洗澡睡觉吧？”

丝蓓乖乖地点点头，伸手去拉连衣裙背上的拉链儿，满心期待着今天晚上会有不一样的日程，期待着自己理想中一个属于两个人的特别节日变为现实。

“我来。”赵卡卡伸手帮丝蓓拉了下来。嗯，今天可以尽一下丈夫的职责了。

差不多一个小时后，李丝蓓洗完澡从卫生间出来了。

赵卡卡一看，兴趣全无。

“你怎么把脸上的妆都洗掉了？”赵卡卡有些不悦。

李丝蓓愣在那里，酒醒了一半，一时不知道说什么好。是啊，自己怎么那么笨！洗什么脸啊！不习惯就不习惯呗！

“要不我再画上？”李丝蓓生怕赵卡卡不高兴。

“你会画吗？”赵卡卡不用想也知道这妆不是寻露玫画的就是方昀画的，“行了，睡觉去吧。我再玩会儿。”

李丝蓓应了一声，低着头走进卧室，把门关上了。

赵卡卡看到洗完脸之后的李丝蓓，又回忆起颜容在的那几天，深深叹了一口气。娶媳妇到底是贤惠重要还是漂亮重要？都有利有弊啊！颜容走后，李丝蓓把她送的两幅画都买了画框装裱起来，放在电视旁边的书架上，赵卡卡打游戏的时候一直能看见。

真诱人哪！赵卡卡真希望自己能拥有一个画中那样的女人。颜容？再见面恐怕都不知何年何月了。赵卡卡无比想念仅有的两次和颜容独处的机会，那娇媚的面容、玲珑的身姿……都深深刻在了脑海里。他实在有些后悔，自己心中的女神在家的时候为什么没有把握机会多和她相处，如果是那样，也不会觉得辜负了自己的人生呀！

保持这份美好

趁若雨白天休息的时间，张栩去世博园逛了一整天，来上海时间不长，必去的旅游景点也不能错过。张栩正在考虑要不要买辆车，就去奔驰馆逛了很久。这个整体造型如飞碟一般的建筑，在不同的角度、不同的时间会显现出不同的形态。白天如时空飞梭，似沧海贝壳；夜晚则梦幻迷离，恍如浮游都市。作为国内第一个可变容的大型室内场馆，这座建筑的功能之强大多变，真的让人怀疑它是不是来自外星球。主场馆可以根据需要隔成 5000 座、8000 座、10000 座、12000 座和 18000 座不同容量的场地，举办各种庆典、演唱会或其他大型活动。更难得的是，配套设施也令人惊叹，有音乐俱乐部、影院、滑冰场、各国美食餐厅等。

张栩挑了一家装修精致又好找的上海菜馆，悉心为若雨安排了一顿晚餐，希望今天晚上可以和若雨开始崭新的只属于他们两个人的上海故事。如果不是为了房子的事情，张栩今天恐怕都准备向若雨求婚了。大学毕业后,工作已经有十多个年头了,想在大城市安个家,怎么那么难呢?虽然张栩自我感觉还混得不错,可是离买房还是差了十万八千里。说实话,他有些后悔为什么早几年没凑钱在深圳买套房子。其实这都是事后诸葛亮，当时也凑不出钱来。一般工薪阶层能拿出的钱总是只能买 10 年前的房子，这就是大城市里最可怕的现实。等张栩反应过来要在深圳买房的时候，这趟车他已经赶不上了。普通老百姓对于这种事总是容易后知后觉的，说到底还是没那个眼光和实力。即使能七拼八凑、东挪西借凑个首付，也非常害怕万一自己所有家当押错了，就一辈子没法翻身了。

可是张栩不甘心，都奋斗这么多年了，说什么也要坚持下去，死撑烂熬也要撑下去。现在离开大城市回老家，白费了这么多年的辛苦不说，实际上，也没有办法再习惯老家的价值观和生活状态了。别的不说，就他这 36 岁了还单身的事情，在老家恐怕就是一个被所有人奚落的把柄。

所以，他就一狠心换个城市，想找找更好的机会。现在互联网金融行业发展很快，不如就来“金融中心”看看，何况自己的心上人还一直在这个城市呢。

张栩是普通家庭出身的孩子，努力想靠自己改变命运，虽然房子仍旧是买不起，但车还是买得起的，哪怕上海一个车牌号就得 10 万元，但为了追女神，是不是得买辆好车？可是若雨已经有车了，那还是只能努力赚钱，买了房子迎娶她。其实自己有能力、有颜值、有身材，可离高富帅还是差了些什么，一直以来也没能迎娶心仪的人，说到底，还是差点经济实力。

若雨如约而至，依旧是美得不像话。

“你来上海这么久了，给我推荐几个好菜吧。”推荐，好菜。看似随意的几个字，既表现了自己的大方，又照顾了女士的情绪。言下之意是好菜随便点，不差钱，你也不用觉得吃人家不好意思，因为你懂美食、有品位，得有劳你推荐。

看来张栩这么多年没白混。若雨回报了一个微笑作为感谢，“响油鳝糊、蟹黄菜心，另外一个看你自己喜欢，想吃什么？”若雨点了一些价格不贵的特色菜，她也是个懂得照顾男士情绪的好姑娘。

“那就八宝鸭吧。我就知道这一个上海菜。”张栩开玩笑自嘲，活跃气氛。

美味的晚餐，愉快的交谈，一切都刚刚好。

席间，张栩曾多次鼓起勇气想把心意表明，却欲言又止。这是一个多么难得的夜晚，不要去做自己没有把握的事，不要破坏它的美好。

张栩想，就这样看着笑盈盈、仙灵灵的若雨，就很好。

罗曼史

在琼浆玉液的修饰下，即便未到葡萄成熟的季节，酒庄里的一切在颜容眼中已经美得不可方物了。之前的忧愁和烦郁已经模糊不少了，正好不去想它。蓦然看颜容有些醉了，便很贴心地扶着她去客房休息，吩咐管家准备一些水和蜂蜜，很绅士地关上门，离开了。

颜容躺在柔软舒适的大床上，闭上眼睛，脑海中再次浮现出那个难忘的夏日……

米兰，圣西罗球场。

颜容和Massi恋爱两年之后，起初的那些美好，如一起做意面，一起参观博物馆，一起去海边遛狗等都因为习以为常失去了浪漫色彩，继而爆发的是两个人之间的种种矛盾，分手的直接导火线就是颜容提出毕业后想去法国发展。Massi并不喜欢法国，他觉得法国人很冷漠，而罗马就是艺术的天堂，他无法理解颜容为什么想去法国发展。而颜容只是单纯地想在欧洲不同的国家经历和体验，多看多学。有一天晚上，因为这些分歧颜容再次和Massi吵架了，吵得很凶，第二天一大早便坐火车来到了米兰，想做一些疯狂的事情发泄烦躁的情绪。在火车上预订了AC米兰足球比赛的票，AC米兰对博洛尼亚，颜容故意选择了主场球迷的位置，只因为Massi是博洛尼亚的支持者，尽管他今天并不会来看比赛。

颜容选的座位在第二层的第一排，选择这个价位和视野的大多是最狂热的球迷，座位都是用来踩的，大家都站在椅子上，或者坐在椅背上。颜容索性不坐了，直接站在栏杆边上，视野很好，身旁就是一个挥舞着一面大旗的铁杆球迷，周围的人都在唱着AC米兰的队歌——“Milan—Milan—”。颜容被现场的一切感染了，今天没白来，要的就是这种热烈得让人窒息的气氛。

快开场时，有一位身着 polo 衫和短裤，戴着墨镜的帅气爸爸带着可爱的儿子也站到了这里，爸爸想给儿子照张以球场为背景的照片，但又不好意思让别人挪开，正在费力地找角度。颜容见状，贴心地给小男孩让出了自己的位置，爸爸拍完照片后说道："Grazie!"(意大利语：谢谢！)颜容也礼貌地回复："Prego！"（不客气！）

之后，爸爸就把儿子放在栏杆上坐着，用胳膊环抱着他，紧挨着颜容，观看起球赛来。

上半场双方都表现平平，没有进球，颜容和旁边的父子就平静地观看着比赛，情绪都没有被调动起来，偶尔都会自言自语地评论几句，并没有交谈。

下半场进行了 15 分钟左右，AC 米兰加强了攻势。颜容对足球比赛规则还是清楚的，当看到博洛尼亚在本队场地手球犯规，AC 米兰获得一个前场任意球时，颜容预感到这个球要进，就拿出数码相机录了起来。球果然进了！看台瞬间爆发出巨大的欢呼声、掌声，空气都沸腾了！颜容激动地尖叫着，身旁的那位父亲居然说了一句"Bravo！"（好极了！）虽然法语和意大利语这个词都是一样的，但他明显是法语发音。他是法国人？颜容正有些纳闷，只见他怀里的小男孩把粉嫩的小手伸向颜容，想要击个掌庆祝一下，"Bravo！"稚嫩的童声和红扑扑的脸蛋实在太可爱了。

颜容很高兴地和小朋友击了下掌，"Bravo！"

这样原本陌生的球迷就算相互认识了。

AC 米兰越踢越好，没几分钟居然又进了一个球！上一轮的激动还没过去，又是一波尖叫和狂欢！颜容太兴奋了！颜容看到小男孩又向自己伸出了胳膊，兴奋的她毫不犹豫地给了小男孩一个甜甜的拥抱！没想到，那位帅气的爸爸居然也毫不犹豫地给了颜容一个有力的拥抱！

颜容全身一阵酥麻，触电的感觉。

当 90 分钟的比赛结束时，颜容和旁边的父子都还依依不舍，没有要走的意思，是留恋比赛还是身边的人？也许都有吧。天公再次作美，在补时的 2 分钟里，AC 米兰居然又进了一个球！在最后一刻把比分改写为 3 ： 0！

真的太令人高兴了不是吗？颜容和那对父子再次击掌、拥抱，然后欢快地聊着，一起退场。帅气的爸爸说，一会儿把儿子送到他母亲那儿之后，能否邀请颜容一起去喝一杯庆祝一下。送到他母亲那儿？看来是个单身离异的爸爸。颜容欣然应允。喝酒庆祝之后，颜容只记得他的名字叫 Nicétas。

那个夜晚，那种极致美妙的体验，已经转化为了身体的记忆，每每颜容喝多了，就会回忆起那种感觉。

而今日这座瑰丽的酒庄里也有一个 Nicétas，Nicétas Mongin（尼塞德斯·蓦然）。

会有一段罗曼史吗？一阵幸福的眩晕和朦胧感袭来，颜容沉沉地睡去了。

昨日重现

哦，差点忘记！明天就是丝蓓的婚礼，之前已经订好了今天的机票！还得赶紧回罗马拿上行李回国。颜容把自己拉回现实，从米兰赶回了罗马。

Massi 正在家里翻箱倒柜地找东西，他显得有些慌乱。

“你这两天去哪儿了？”Massi劈头就问。

“你不用知道。”颜容说完，径直去房间拿行李。

“我和Puppy每天晚上都出去找你，昨天夜里它被车撞伤了，现在正在宠物医院疗伤，我回来取些东西。”Massi边说着，边坐到沙发上，扑簌簌地掉着眼泪，他没有哭出声音，还努力用手挡住眼睛。

颜容惊呆了，她根本没意料到会发生这样的事。她很明白Puppy在Massi心中的分量有多重，它就像他的亲人一样，Massi现在一定十分悲伤难过。同时，颜容也清楚地意识到自己做错了什么。

她走到Massi身边，把他的头捧在怀里，什么也没有说，只是轻轻地抚摸着他。

不久，他们一起去了宠物医院。那天夜里，颜容放弃了回国的航班。Puppy已经奄奄一息，最终还是没救过来。Massi失声痛哭，Puppy临死前那双让人无比怜悯的眼睛刺痛了颜容的心，那是一双无助又哀伤……

颜容突然从梦中惊醒。这么多年过去了，还是会梦见Puppy的眼神。此后发生的事，无非是费尽心思跟丝蓓解释为什么不能参加婚礼。而Massi也因为颜容的不辞而别间接造成了Puppy的意外死亡而无法继续和她的感情。

虽已时过境迁，颜容对此事仍十分愧疚，一直不能原谅自己。

这种愧疚感把颜容从美酒造成的微醺中拽回谨慎认真的现实。

还是好好给人家画画吧，就不要想什么罗曼蒂克了。颜容从床上起来，已经昏睡了好几个小时了吧？是不是有些失礼了？我是不是应该去问问蓦然先生，我什么时候为他画像。我是来工作的，不宜多做停留。

颜容倒了一杯蜂蜜水，迅速喝下，整理了一下衣服和头发，准备走出房间去找蓦然。

管家告诉她庄主正在书房，需要先报告一下。

一会儿，管家请颜容进入了书房。

“睡得怎么样？”蓦然热情地问道，“我想您长途跋涉需要休息，喝点红酒是不是更好呢？”

“是的，非常好。现在我已经完全恢复体力了，请问您什么时候需要我画像？”颜容很敬业，稍微显得有些急切了。

“不不不，您不用着急。画像的事情绝对不是安排在今天，我会再告诉您具体时间。今天您只要做一件事，就是休息。放轻松！”蓦然礼貌而爽朗地笑了。

受到如此款待，颜容一时不知道该如何表达谢意。她努力记忆着蓦然的一颦一笑、身体的每一个姿势，以便日后画得更生动一些。

蓦然发现颜容正在出神地看着自己，不禁面色一抹绯红。这位小姐是在看什么呢？蓦然虽然有些错愕，但仍然是满脸的笑容。

“颜容小姐，如果您不介意，我想再工作一小会儿。如果您愿意，这段时间管家可以带您去参观一下酒窖。”

颜容马上意识到应该暂时离开了，于是便说：“好的，非常荣幸，我正有此意。”

颜容如画

第五章 山雨欲来

思绪万千

陈若雨记得哪本书上好像写过，一个女人一天要说20000个字，如果不让她说出来，这天的情绪一定会很差。所谓不吐不快，正是如此。若雨觉得自己一天怎么也要说8000—10000个字吧？不管是谈工作，还是闲聊，总得聊聊，聊透了才能觉得整个世界是美好的。如果实在没人聊，也得思考些什么。

吃一颗妈妈寄来的姜糖，含在嘴里慢慢融化，陈若雨想起了小时候的一幕。

小学外面总有一个打着黑伞的老婆婆，她总是穿着一件青色的棉袄，那样式仿佛是民国时候的。她做的姜糖特别好吃，软糯粘牙，大包三角钱，小包两角钱，虽然过去30年了，但陈若雨现在回想起来，还会流口水。她做的姜糖货真价实，还不贵，是老家留给陈若雨美好的回忆之一。几年前陈若雨回老家的时候还跟人打听过这个老婆婆，听人说她的儿女不孝顺，老婆婆只好靠卖姜糖维持生计。

记得小学一放学，就有好多小朋友跑过去买她的姜糖，老婆婆的左眼患有白内障，视力不好。总会有一些调皮捣蛋的小朋友，给老婆婆一角钱，却说是五角钱，陈若雨就碰到过一次。那时的陈若雨心里又急又恨，与生俱来的正义感让她无比同情老婆婆，并且为这种“恶事”愤怒不已。

姜糖吃完了，陈若雨脑海里还浮现着老婆婆的形象，希望她能一切安好。陈若雨总想着能有机会再见到老婆婆,然后用几百元买她几包姜糖,告诉她就是几十元，再尝一尝老婆婆的手艺。

对“恶”的厌恶是陈若雨与生俱来的一种特质，这种特质对她的影响也与日俱增，以至于成了她寻求更公平正义的生活和工作的动力。

各行其是

热播美剧《西部世界》赵卡卡已经看完了。李丝蓓不喜欢看这部片子,觉得太匪夷所思。

赵卡卡最近一直在重复做一个梦，梦见自己天天在实验室熬到深夜,就像美剧《西部世界》片头里演的那样，用一个 3D 打印机在一分一毫地做着一个仿真机器人，梦里仿佛都能真实地感觉到她的质地，但总是看不清她的容貌。直到李丝蓓化妆的那天晚上，赵卡卡终于看清了，那就是颜容!

此后，赵卡卡突发奇想，想要上网订制一个真人版颜容人体模特造型。只要把照片发过去，皇冠卖家就能给做出来，其实就这么简单!

但买这东西可得做好保密工作，千万不能被丝蓓发现，要在家里找个地儿藏好了。

接下来这几天，赵卡卡都在琢磨人体模特的事儿。精挑细选了几个皇冠卖家，开始沟通细节、身高、体重、三围、发型，忙得不亦乐乎。没事就在家里几个房间里乱窜，翻箱倒柜挪东西，这玩意儿真买回来可不小，得有足够的空间放下，最好外面还能有些东西掩盖住，才不容易被发现。

李丝蓓又在忙什么呢？还是跑去跟那俩闺密讨论怎么吸引赵卡卡。

寻露玫建议她：“要不你去做微整形吧？打个玻尿酸，隆一下鼻梁下巴什么的，我还考虑去做个光子嫩肤呢。现在微整形那么流行，感觉安全系数也还可以，你就找个好一点的整形医院就行。”

方昀说：“别冲动！两个人要长久地在一起，光靠美貌是不够的。再说你也要先搞清楚你们家赵卡卡的审美，要不就白整了！”方昀是刀子嘴，豆腐心。她觉得丝蓓根本没必要受这个罪。

“长得好看终归是没有错的嘛……”寻露玫争辩着。方昀白了她一眼。

李丝蓓静静地听着，觉得有些委屈。露玫话不中听，可是她说得也对。谁让自己长得不够好看呢？平添了多少苦恼……

不顾矜持

玉麟酒业董事长办公室。

手机振动了，赵向林抬头看去，是寻露玫打过来的。签完手中的文件，赵向林不紧不慢地接起来，问道：“露玫，有什么事儿吗？”

赵向林还是很高兴听到寻露玫的声音，如果是一般的电话，他是不会放下手头的事情去接的。但寻露玫没事的话，一般是不会找自己的，所以赵向林接电话时保持着一些谨慎。

“其实也没什么事，我就是想问问菲特庄园红酒的存量还有多少？我这儿不太多了。”寻露玫说的事无关痛痒。

“还有一些，你什么时候要？我派人给你送过去？”赵向林还是一如既往的仗义。

“好呀，这周或者下周都可以。谢谢林哥！”寻露玫甜甜地回复道。该温柔的时候如此温柔。林哥这样的称呼，赵向林很受用。

“好。还有别的事儿吗？”赵向林确实有些忙。

“嗯……”寻露玫有些迟疑。

“跟我还有什么事不方便说的吗？”赵向林的大哥范儿还是很足的。

“其实也没有别的事情，我是想问问你最近有没有跟蓦然见过面？”寻露玫还是没忍住，直接问了出来。

这么一问等于是向赵向林浇了一身凉水。男人的自尊心在作怪，他心里很失落，心想这么多年的合作关系，抵不过人家跟老外见一面。但他还是很淡定地显示了自己的风度：“没有，他可能也忙吧。”

“哦，我是想跟他再谈谈进口酒的事情。”寻露玫很官方地说着场面上的话。

“嗯。”赵向林依旧放长线，钓大鱼。

“如果有必要的话，我想去趟法国酒庄。”停顿了几秒钟以后，寻露玫终于说出了真实想法。赵向林想，女人真是容易感情用事，这样做生意多危险！送上门去的生意，迟早都得赔钱。

“我看行。”赵向林心里很明白，自己不会蹚这浑水。生意是生意，人情是人情。

寻露玫挂完电话，心想上次与蓦然相见，已经有些时日了。她实在有些想念蓦然，就主动给他发了封邮件，内容很简短：

“蓦然先生，最近忙吗？您已经有很长一段时间没来中国了，特地问候一下。另外，今年葡萄成熟时，我可否去酒庄拜访您？”

直白地对一个男人表达思念之情，不是寻露玫的风格。但谁让对方让自己如此倾心呢？

投其所好

李丝蓓对化妆实在没有什么天赋，基本属于“手残一党”。几经挣扎，她还是听从了寻露玫的意见，准备去做一下面部改善。

这天，由赵卡卡研发的那批流感疫苗终于通过检验了，他心情很好，早早地就回到家里。

李丝蓓看赵卡卡心情不错，就鼓起勇气跟他说：“臭宝，我想去文个眉毛。”

“行啊，去呗。”赵卡卡确实心情不错，很爽快地就答应了。

“你喜欢哪一种眉形？”李丝蓓赶忙掏出手机，把之前从网上找好的图片拿给赵卡卡看。

“平一点的吧。”赵卡卡按自己的喜好如实建议。

“这样的？”李丝蓓指着其中一个。

“这个。”赵卡卡对比了一下网上的图片和李丝蓓，发现眼睛也很重要，就补充了一句，“这样会不会显得你的眼睛小？”

“那我再去做个双眼皮？”李丝蓓以满足赵卡卡的审美需求为出发点。

“疼吗？疼就算了。”赵卡卡有些迟疑。

“我都查过了，不疼。”李丝蓓回答道。

“哦，那就顺便把眼角开一下，反正都得割。”赵卡卡居然得寸进尺。

“那你能陪我去吗？”李丝蓓小心翼翼地问道。

“行，有空儿就陪你。”赵卡卡居然爽快地答应了。

手术刚做完那几天，为了不让赵卡卡看到恢复期的自己，她去方昀和寻露玫那儿住了一阵。

“变美很多啦！”赵卡卡再见到媳妇儿确实很满意。但当他仔细端详了李丝蓓一会儿，又说道：“感觉脸有点儿宽，鼻子有点儿塌……”

李丝蓓心想，怎么还没完没了了呢？

花季雨季

白宇还记得许多年前认识方昀的那一幕。

暑假的某一天，方昀穿着背心和短裙经过客厅墙面的大镜子前，突然眼前一亮，这身材？这脸庞？这真的是我吗？一直觉得自己是个假小子，原来丑小鸭真的可以变成白天鹅，方昀不禁用手托起了脸颊，呆呆地看着镜子里的自己。

雨过天晴的夏日，空气湿润又清爽。趁着自己心情大好，方昀翻箱倒柜地找了一身最好看的衣服，准备出去逛逛！

小区门前的马路上，白宇慢慢悠悠地蹬着自行车，留下一条歪七扭八的印迹。细碎的刘海迎风飞起，带着阳光的金边，他就像一棵挺拔的小树，舒展着枝叶，在阳光里恣意摇曳。

方昀穿着白色的衬衣、天蓝色的蝴蝶结短裙，正走出小区。

“哎呀！”白宇的自行车压过一摊水洼，不偏不倚，恰好溅在了方昀的裙子上。

方昀很是气恼，刚才的好心情瞬间全无。白宇听到叫声立刻停住，他意识到自己闯了祸，推着自行车折返回来，礼貌地道歉：“实在抱歉，这位同学，我不是故意的。”

方昀没有理他，注意力全集中在泥点子上。

“你家远吗？你可以回家换下来，我给你洗完后送回来。”白宇说道。

“谁要你洗啊！”方昀气呼呼地说。

“要不我请你吃个冰激凌赔罪吧！”

“衣服都脏了怎么去吃冰激凌？”

“那先送你回家换衣服？”

“不用！我家就在楼上。”

“那你去换吧，我在这里等你。”

方昀一时找不出别的理由拒绝，她只好先上楼回家换衣服。换好衣服，她偷偷从窗户上看了看白宇，居然真在楼下等着。她推开窗，冲楼下喊道：“你走吧，衣服不用你洗，我也不吃冰激凌。”

白宇抬起头看着她，咧嘴笑了：“好吧，哪天你想吃冰激凌了就下来，在这个长凳上等我。我每天下午 5 点都会经过这里。”

“真是个傻丫头，这么快就把自己家给暴露了。”白宇咧着嘴笑了起来，露出整齐洁白的牙齿和右边脸颊深深的酒窝。

那年他 17 岁，她 16 岁。

尚需时日

时值 4 月。

颜容来酒庄已经有段时间了，她实在有些奇怪，蓦然为什么不着急找她画像。如果他并不着急此事，何必这么早就把自己请过来呢？

晚餐时间到了，坐在餐桌前，颜容仔细地看了看餐具的摆放：镶着香槟色金边的白色大号餐盘摆在正中间，洁白柔韧的餐帕叠成两只对颈天鹅的形状，放在盘子里。左右两边的天鹅翅膀位置是窝进去的，分别放了两块面包在里面，从对面一侧看去，面包是藏在餐帕里的，外面看不见。餐盘左边是三把餐叉，从左往右分别是鱼叉、主菜叉、沙拉叉；右边是三把餐刀和一把汤匙，从右往左分别是奶油刀、汤匙、鱼刀、主菜刀。餐盘右上方从外往里分别是白酒杯、红酒杯、水杯，中间是点心盘和点心匙，左边是咖啡杯及垫盘、胡椒瓶和盐瓶。

晚餐看起来很隆重，今天是什么特别的日子？颜容有些惶恐地和蓦然一起用餐。

蓦然好像察觉到了颜容异样的拘谨，体贴地说道："颜容小姐，请自便，就像在自己家里一样。"

颜容觉得蓦然真是太绅士了，忍不住还是想问："谢谢！今天的晚餐格外丰盛！冒昧地问一句，是什么节日吗？"颜容想，如果不知道是什么重要日子的话，恐怕自己言行会失礼。

"其实也并不是什么隆重的节日，是我的生日。"蓦然微笑着回答。

"您的生日？实在抱歉！我居然不知道，太失礼了。"颜容脸都红了。

"是我没有告诉您。没有任何值得抱歉的。"

"祝您生日快乐！"颜容赶紧举起红酒杯。

"谢谢！"

颜容实在有些歉意，但不知如何表达。蓦然好像已经猜透了颜容的心思，说道："您今天能否为我做一件事，作为我的生日礼物？"

"当然！"

"喝点红酒，晚些时候陪我跳支舞吧。"

蓦然实际上是为了照顾她的情绪才这么说的，并不是真的需要她做什么。

"荣幸之至。如果您需要画像，请随时告诉我。"在酒庄里住这么久了，什么也没为蓦然做，反而受如此厚待，颜容实在不好意思，心心念念地要把任务完成。

“这个真的不用着急，等葡萄成熟的季节吧。”蓦然淡然一笑。

“您现在有大把的时间来感受这个酒庄里的一切。”看颜容还是有些拘谨，蓦然继续说道。

“非常感谢您如此好客。可是我在这里停留的时间太长了，会不会影响到您的工作和生活？”颜容终于说出了心中的疑虑。

“绝对不会，我的本意就是邀请您到这里来住一段时间。”

“如果您爱上了这座酒庄，您的画也就有了特别的情感。”蓦然注视着颜容，缓缓地说。目光柔情款款，深邃而留恋。

特质

陈若雨虽然是“蜜罐里长大的”，但她对于过去的历史，往往有很强烈的情感共鸣。她知道自己画画的天赋来自母亲，也就时常在想自己的疾恶如仇，是不是来自父亲？

陈若雨的人生轨迹，造就了她看似柔弱，实则坚强的性格特点。从7岁开始就和母亲、弟弟相依为命，尤其是离家上学以后，时常会感到无助，但也没有任何人帮得了自己。若雨就自己鼓励自己，苦就苦吧，但只要有机会就要尽力抓住，被逼无奈也要奋力寻找出路，有时候往往就是因为你的奋力一搏，困境反而转化为机遇。工作了以后，正是她的这种特质，让她在职场上表现极佳。

“生意场上遇到危机就得勇于面对，奋力一搏，才能转危机为机会！”这一刻，霄云大厦里，方澍达在公司管理层的会议上如是说。

相同时间，不同空间里，也许有人正和你有着同样的感受。

欲罢不能

赵卡卡的人体模特造型终于到货了。自从订制了这个人体模特后，赵卡卡天天盼着李丝蓓不在家。他把人体模特造型藏在客卧衣柜最里侧，外面用一大堆被子挡得严严实实。只要李丝蓓出门，赵卡卡就万分高兴地拿出来盯着看，就好像颜容在自己身边一样。

这天晚上，李丝蓓又去了露玫酒吧。

“怎么还是愁眉苦脸，丝蓓？不都变美了吗？”寻露玫有些奇怪。

“我就说没用吧，白受罪了不是？”方昀说。

“就好了一天。”李丝蓓目光呆滞地说。

“这赵卡卡也太难伺候了，我看就是你对他太好了！”方昀替丝蓓打抱不平。

“丝蓓，男人是要调教的哟！”寻露玫也给出建议。

“她哪像你寻大美人，既风情万种又娇滴滴软绵绵。”方昀打趣道。

“说丝蓓的事儿呢，别说我！”寻露玫笑着白了方昀一眼。

“你们看我的脸颊这儿是不是骨头特别大？”丝蓓把脸侧过来。

“还好吧。”两个人异口同声地回答。

“卡卡说我脸有点大，鼻子还有点……”

“得了吧，你能不能为自己活着呀！”方昀真是恨铁不成钢，气不打一处来。

寻露玫没说话，注视着李丝蓓，缓缓摆了两下头，明确地示意李丝蓓不要这么做。

“可是……”李丝蓓还是很纠结。虽然她也不愿意再受身体上的折磨，可是现在赵卡卡对自己分明就很冷淡，心理上的折磨也很痛苦。

“要这样下去，你日子还过不过了？不行就离婚！”方昀心直口快。

“不会的，丝蓓。你慢慢把他改变过来就好啦！日子还长着呢。”寻露玫安慰道。

李丝蓓又听话地点点头。

到楼下了，李丝蓓抬头望了望自己家里的窗户，有灯，卡卡在。但怎么客卧那间也亮着灯呢？

“这么早就回来啦？乖宝。”一开家门，赵卡卡居然迎过来。叫得这么亲热，李丝蓓觉得他还是很爱自己的。“嗯，今天露玫还有点事儿。”

“你在干吗呢？我刚在楼下看到客卧亮着灯。”

“哦，没什么，我之前把窗户打开通了通风，刚关上。”

“哦。”

“你去洗澡吧。你不在的时候我已经洗过了。”赵卡卡说。

“好的。”

趁李丝蓓洗澡的时间，赵卡卡赶紧去把客卧的衣柜又整了整，刚才差点没收拾完。

威尼斯之夜

颜容在庄园里待的这段时间，把葡萄叶子从嫩绿色到现在的翠绿色都画了一遍。不过听蓦然介绍，5月底才是葡萄的花期。既然不着急，颜容也开始习惯在庄园的生活了。有时候一整个下午，颜容都静静地看着葡萄园，想象着葡萄成熟时的情景。

这天清晨，下着细雨。翠绿色的叶子和雾一般细小的雨滴缱绻着，整个葡萄园在细雨的滋润下形成一片氤氲，美极了。颜容醒得很早，恰巧看到了这如仙境一般的美景。她出神地看着窗外，这番情景怎么似曾相识？是威尼斯！眼前这片广袤的葡萄园，色彩居然像极了意大利的水城威尼斯！远处酒庄砖红色的屋顶和威尼斯的建筑颜色相差无几，白色的雨雾像浪花，而此时葡萄园里绿色的叶子，颜色正如亚得里亚海威尼斯湾海水的颜色！

这番景象把颜容的记忆拉回到几年前的那个夏天。

和 Massi 的爱情正是如胶似漆、柔情蜜意的时刻。两个人计划了一场去威尼斯的旅行，当然，还要带上 Puppy。不巧，颜容的两个堂妹也要在此段时间来意大利旅行，只好四个人和一条狗一同前往威尼斯。和 Massi 一起预订好酒店和车票，在罗马和两个妹妹会合后，美好的旅程就这样开始了。

威尼斯城区内没有汽车，出行的一切都靠坐船，也就是“Gondola”（贡多拉），威尼斯最具特色的交通工具。四个人选择了一艘由一位十分健壮的中年水手划桨的贡多拉,开始了威尼斯水城之行。浅绿色的海水，砖红色的建筑，美不胜收。两个小女孩无比兴奋，一路上都在让姐姐颜容拍照，美其名曰姐姐的艺术功底好，能把人拍得特别美。Massi 和颜容一路上只得充当摄影师的角色，还得不时看好 Puppy。坐完贡多拉，又坐船去穆拉诺岛看闻名世界的玻璃制品，然后去布拉诺看五彩的房子，四个人一路欢声笑语，愉快地度过了整个白天。

微风拂面的晚上，月光下的水城，呈现出别样风情。四个人在威尼斯的大街小巷中穿梭，好不自在。晚饭后，在旅馆稍作休息，颜容和Massi准备去看一场歌剧，两个小女孩抱怨白天30分钟的贡多拉还没有尽兴，想要在晚上再体验一次。好在贡多拉全天24小时都服务，两个小女孩尖叫着就跑出去了。

两个女孩刚刚20岁，年龄稍长的叫卿卿，年龄稍小的叫蒙蒙。她俩走到某个贡多拉的码头，发现夜里的收费要贵一些，蒙蒙提议选择另外一种交通工具——快艇，但两个人找了一圈，也没找到快艇的码头。

两个小女孩经过一座桥时，卿卿看到了不远处有个人正把快艇停在岸边。两人喜出望外，一路跑过去，蒙蒙用英语问道："打扰了，请问租这艘快艇需要多少钱？"船主是位中年男子，他先是有些惊讶，但马上恢复平静，微笑着说："实在抱歉，这是我自用的船，不出租的。但我很高兴让你们免费搭乘。"

"耶！"蒙蒙高兴得跳了起来，准备往桥下走。

"汪——"一声犬吠撕破了欢乐的气氛。"卿卿！蒙蒙！"颜容和Massi牵着Puppy走过来了。"那个人是谁？你们要去干吗？"颜容看起来很紧张，还有些怒气。

"他说免费带我们坐快艇……"蒙蒙还想解释什么，被卿卿示意拦住了。

"大晚上的怎么能跟陌生人一起出去呢？！"颜容眉头紧蹙。

桥下的船主虽然听不懂她们在说什么，但大概明白了是什么意思。他打了个招呼："别紧张，再见了，女孩们！"

"再见！"Massi很礼貌地跟他说了声再见，还做了个致歉的手势。

这天晚上，了解了事情的来龙去脉后，Massi问颜容为什么不让两个妹妹去坐船，颜容说因为是陌生人的船，所以不能去坐。Massi说陌生人有什么问题吗？我和你不也是从陌生到熟悉的吗？

一缕阳光穿透了雨雾，照进了房间。太阳出来了，颜容的思绪回到现实。几天的威尼斯之旅，原本是情浓至深，却因为意想不到的事情让颜容和 Massi 的感情产生了裂痕。是中西文化的差异，还是自己思想的原因？时至今日，她也不能确定。

竹马绕青梅

方昀今天没啥事儿，趴在沙发上戴着耳机听音乐。

方昀对白宇是什么感觉，她自己也说不清楚。他俩认识实在太久了，每次想起多年前的那个夏天，方昀都觉得很好笑。

……

自从发生了泥点子事件以后，为了能再碰上方昀，白宇几乎天天在方昀家楼底下等半小时才走。

这天周末，白宇放了学就在方昀家楼底下等着，想着是不是自己今天来得太早，等不到就不回家了，其他什么事都等明天再说！正想着，方昀穿着一身漂亮的红色连衣裙走了过来。

白宇赶紧从长椅上站起来，迎了上来，低声说了一句："还欠你一个冰激凌呢，不打算吃了？"

"有诚意别光请吃冰激凌啊！"方昀呛了他一句。

"可以啊！我怕请你干别的，你不敢去。"白宇狡黠地眨了眨眼睛。

"有什么不敢的？打台球还是打游戏？"

"都行啊！"白宇高兴坏了。

台球厅里，白宇看着趴在台球桌边的方昀发呆。

“该你了！”方昀的话打断了白宇的思绪。

高杆，低杆，白宇进了两个球后，故意放了水。

方昀低下头，俯下身子，瞄准，出杆，球没进。

白宇微微一笑，右边脸颊露出一个深深的酒窝：“来，我教你！”

“先用右手握好球杆，拇指和中指捏在一起做成一个圆圈，把球杆后部套在圈里，左右推动球杆，调整平衡，手指位置就是这支球杆的重心，从这个重心位置向杆尾部移动一段合适的距离，就是适合你自己握杆的位置。”白宇一边示范着，一边解说，显得特别专业。

“这样吗？”

“对！一学就会！还挺聪明！”

“平握球杆，杆头指向主球，隔 10—20 厘米的距离。注意球杆的指向必须与主球的行进方向成一直线。”白宇竟然变得专注起来。

“左脚向左侧方迈出一小步，尺度与肩相等，右脚尖向右外侧自然转动，角度约为 60 度，这样才稳。”

“瞄准的时候，把下巴对准球杆中轴线，两眼保持水平向前平视。这样，脸的中轴线包括鼻子、嘴、下巴，与球杆和右手臂都在同一个垂直平面里。”

“当左手拇指和食指形成一个圆圈后，便可以把球杆插入圈内来支撑球杆击球，如果需要调整高低，伸展或拱起中指就可以了。”白宇严肃认真的样子简直和刚才判若两人。

方昀想，这小子还真有两下子，便认真地学着每一个动作。

白宇边说着，边把身体靠近方昀，方昀就知道这小子不怀好意。

想到这里，方昀抽拉了一下球杆，顶开白宇，果断地出杆，球进了底袋。

“进了！真棒！”白宇夸赞道，“走，请你吃点东西庆祝一下！”

“好吧！”

两个人来到一个人气很旺的烧烤摊，白宇挑了个凉快的地方坐下。两个人吃着东西，聊着天，不知不觉，到了该回家的时间。

此后，两人经常一起学习，一起玩。因为家庭背景相差不多，人生观、价值观也都相似，总有说不完的话。高考结束后，两个人相约暑假出去旅游放松一下。

“想去哪儿？”

“海边吧！”

“三亚怎么样？”

“行。”

两个人商量事情的默契程度让人惊讶。

暑假之旅如期开始，白宇为方昀订了一个套间。他是这么打算的，自己睡客厅，如果有什么事情发生也好有个照应，毕竟出门在外。

第一天到酒店入住后，两个人就在附近海滩散散步，白天 4 个多小时的飞机有些累，两个人早早休息了，白宇睡在客厅，一夜无恙。

第二天早晨，白宇听到窗户有些震动就醒了。一看，窗外风雨大作，看来是有台风了，幸亏没有开窗。方昀的卧室怎么样了？赶紧去看看。卧室的门并没有锁。白宇轻轻拧开门，看到窗户锁好了，一切安好，松了一口气，目光转移到床上，方昀仍睡得很香甜。白宇忍不住要上前仔细看看她。

白嫩的脸颊，长长的睫毛，微微上翘的鼻尖，粉嘟嘟的嘴唇，真好看，白宇就这样静静地坐在床边看着方昀。一会儿，方昀翻了个身，嘴里还发出哼哼的声音，白宇很想躺在旁边就这样静静地看着她。但又很犹豫，离开又不甘心，越坐着越紧张，不知不觉呼吸也变得急促起来。

方昀微微睁开眼睛，看着白宇。

“想干吗呢？”方昀轻轻地问道。

“没想干吗。”白宇脸色绯红。

“真的？”

“其实想躺你身边来着。”

“躺呗。”方昀看了一眼窗外，居然有台风了。

白宇乖乖躺下了，一动也不敢动。

“你真跟别的女孩不一样。”

“你怎么知道别的女孩什么样？”方昀扭头看向白宇。

“不不不！你千万别误会……”

“我……”白宇百口莫辩。

“哈哈……”方昀看着白宇一脸无辜，开心地笑了，“看看你，就像个委屈的小媳妇儿！”

……

每每想到这个场景，方昀都觉得很搞笑。摘掉耳机，喝了一口可乐，方昀嘴角不禁浮出微笑。转念一想：“这家伙最近去哪儿了？怎么好长时间没联系我？”

接受失去，让美好延续

颜容研究生毕业后，在法国发展得不是很顺利，便回国待了一年，此时她已经与 Massi 分手了。在国内的这一年她过得并不好，画作多次参展却毫无成绩，一种对未来的不确定性，让她觉得很没有安全感。在这样的境遇下，对 Massi 的思念泛滥成灾了。颜容有时候想，是不是自己太任性了，如果当初听Massi的，不去法国而是留在意大利发展会不会一切都很顺利？或许都已经和Massi结婚了呢？

刚回国的那段时间，颜容经常单曲循环一首歌——《漂洋过海来看你》：

“为你我用了半年的积蓄，漂洋过海地来看你。
为了这次相聚，我连见面时的呼吸，
都曾反复练习。
言语从来没能将我的情意表达千万分之一，
为了这个遗憾，我在夜里想了又想，
不肯睡去……”

颜容十分想念Massi，这样的情绪难以控制，有时还会哭得无比伤心，不能自已。老这样下去也不是办法，于是在回国那年的6月约了Massi在西西里岛见面。

有人说意大利最美的岛屿在西西里岛，而西西里岛最美的地方在陶尔米纳这个依山傍海的小城。

两人住在海边的一个酒店，“Cantone”，意思是灯塔，很浪漫的名字。酒店是个四层的小洋楼，他们俩住在阁楼，错落有致的屋顶更添了浪漫的情致。

坐在海边的躺椅上，撑起太阳伞，好好享受海滩。颜容说，不知道为什么分手后会如此想念Massi，回国后更是想念。Massi说自己也很想念颜容，但告诉她，即使爱情已经逝去，美好的回忆还是会留在心里最柔软的地方。两个人聊得很深，而且看到Massi对自己仍如此真诚和在意，即便已经没有爱情，颜容也释然了很多。

不知不觉夜幕已经降临，两人从酒店海滩边归来，来到阁楼外面的大露台上。露台有270度的完美景色，剩下的一面就是他们的房间。房间正对面的海面上，夜晚偶尔有摩托艇的灯光。阳台左侧是陶尔米纳的山景，被彻夜不灭的灯光装饰得精致美丽。24 小时不间断的摆渡车，从山顶到山下川流不息。夜晚，他们坐在阳台的躺椅上，看着经过灯光装饰的山景和海景。摆渡车在山里穿过时，车灯会倒映在海水中，一道一道从水面闪过，仿佛海面是一个巨大的舞台：波涛轻拍岸边的声音像是这个舞台特殊的音乐和节奏。阳台右侧是城市的灯光，仿佛舞台的背景。星空就在头顶，仿佛巨大的幕布。

颜容和 Massi 待在露台上，两个人共同回忆了以前在一起时美好的事情，然后彼此都真正放下，成为好友。

第二天起来，两个人去酒店餐厅吃早餐。酒店餐厅的一侧，种满了鲜花。从海边来到这个酒店，要穿过一条小溪。于是，酒店餐厅有了一个诗意的名字——“Asaja”，在西西里的语言里，这是“花园里的小水流”的意思。两个人选择了靠海的桌子坐下，点了一瓶普罗塞克。粉红色、红色的小花康乃馨盛放在餐桌旁，栏杆外面就是海滩。蓝天碧海，黄色或白色的太阳伞，躺椅，白色的船只，白色的云。云淡风轻，海浪温柔地拍打着岸边，海水无比清澈。与别处不同的是，这是一个布满了小石子的海滩，不是沙粒，也不知是不是离山太近的缘故。

微凉的海风拂面，同时享受美食和美酒，实在太舒爽了。

午饭后，餐厅里喷洒了香氛的空气令人十分愉悦。颜容想到和 Massi 分手后还能成为朋友，顿时觉得释然了。眼前的一切虽然已经和从前不一样了，却也如此美好，不是吗？

可惜不是你

难得赵卡卡和李丝蓓出去吃顿饭。

赵卡卡喜欢吃日料，李丝蓓是寒凉体质，不太能吃生的东西，但是只要卡卡喜欢吃，她一定会陪他一起去的。

隐泉餐厅。

赵卡卡点了很多东西，大快朵颐。想想今天发的奖金，点起来一点也不心疼，卡卡吃得更欢快了。刺身拼盘、鳄梨卷、甜虾、鳗鱼……再来几个铁板烧、煎鹅肝、牛肉粒、笋、三文鱼下巴……对了，还有清酒！烫过的！

“吃啊！你怎么不吃？！”赵卡卡奇怪地看着胃口好像不太好的李丝蓓。

“你多吃点，我饱了。”

“你不是在家挺能吃的吗？才吃这么一点就饱了？”赵卡卡觉得李丝蓓有些奇怪。

“我来例假了，不能吃凉的。”李丝蓓怯怯地说。

“那你早说啊！我点了这么多，一个人也吃不了啊？”赵卡卡觉得很扫兴。

李丝蓓看卡卡不高兴了，就低着头不说话，她怕说错话他更不高兴。

赵卡卡见李丝蓓不吭声更是气不打一处来：“你怎么又来例假了？”声音提高了几十个分贝。

李丝蓓觉得很委屈，可是她除了低头不说话，根本不知道应该说什么。

“丝蓓丝蓓，我看你这名字都像卫生棉的牌子！”赵卡卡讲究吃，又要好吃又得有氛围，今天好不容易舍得花钱吃顿大餐，可丝蓓扫了他的兴，他就有些生气。

李丝蓓“扑哧”一声笑了。这么多年夫妻，她早就习惯了赵卡卡各种花式损自己。有的家庭是老婆损老公，有的家庭是老公损老婆，可惜自己就不是幸运的那一个。谁让她爱他比他爱她多呢？

“行行行，我是卫生棉品牌，你呢？卡卡，上班打卡下班打卡吧。”一旦赵卡卡开起玩笑，就是下台阶了，只要李丝蓓把玩笑开回去，架就吵不起来。多年相处，李丝蓓对此已经很有经验了。

“行吧，那你就吃铁板烧行了，生的都归我。”卡卡也忍不住笑了笑。

李丝蓓如释重负。

这时，一个长卷发的美女从他们的餐桌旁边经过，飘过一阵熟悉的香水味。

“颜容！”李丝蓓不禁抬起头喊了一声。

美女并没有回头。

李丝蓓连忙起身追过去。

赵卡卡一阵激动，也跟着站起身来。他马上意识到自己不能表现得太急切，就没有跟着追过去。

李丝蓓轻拍了下美女的肩膀，美女回过头来，一张陌生的脸。

“对不起对不起，认错人了。”李丝蓓连忙道歉。

“没关系。”美女回应了一个微笑，转身走了。

赵卡卡刚刚提起的心又失望地落下了，埋头继续吃。他又在脑海里默默地回忆起颜容在家里住时的美好日子。

看到卡卡没有因为自己的鲁莽再数落什么，李丝蓓深吸了一口气。

两个人都没有再说话。

10分钟后，赵卡卡抬起头：“买单！打包。”

不期而遇

很久不曾听歌了，而现在耳边响起的，却深深沁入若雨心里。

“田野小河边，红莓花儿开，有一位少年真使我心爱……”听到音乐，若雨把车窗落下，静静地看着外面的花店。没想到，今天下班走了一条偏僻的小路，却有意外的收获。

这首《红莓花儿开》让若雨沉浸在有关长沙生活的美好回忆中。这是在毕业典礼上小合唱的曲目，它代表了美好时光中最酣畅的时刻。上大学时的若雨，刚刚20岁出头的年纪，总是很容易被快乐感染。学习也很轻松，没课的时候可以看自己喜欢的杂志，和同学们在一起吃吃烧烤喝喝饮料，聊天打闹，欢声笑语，很是惬意。若雨还记得和最要好的几个同学吃遍长沙自助餐的伟大计划，每次都吃出了“扶墙出”的境界。想到这里，若雨不禁翘起了嘴角，实在是太欢乐了。

记得若雨上大二的时候，一群女生晚上去学校艺术楼排练舞蹈，休息时一起唱起了当时最流行的《那些花儿》，恣意挥霍着少女的青春，那个画面和歌声永远留在了记忆里最美好的角落。

时光飞逝，当年的翩翩少年已然蜕变成“老男孩”“辣妈”以及职场的“中坚力量”。若雨深深体会到曾经火热的青春已被社会和家庭的责任沉淀。看着小时候的玩伴、各个阶段的同学，大多已为人父母，若雨颇为感叹，一边庆幸自己还有相对宽裕的时间专注于事业从而不断丰富自己，享受生活，一边又疑惑着是否也应该赶快成立一个家庭。

“想起了很多往事，想起了我亲爱的朋友，想起了我的那些花儿，想起了曾经的泪水和欢乐，想起了放下已久的梦想……今天，无意的歌声，却让我有意留心。是的，不管人生将是什么轨迹，都需要动人的歌声陪伴。”

趁等红灯的工夫，若雨有感而发，随即发了条朋友圈，配上传出音乐声的那家花店的照片。

“生活也需要对的人陪伴。”张栩秒回了一条评论。若雨看到，无奈地笑了笑。那个对的人好像目前还没有遇到。

“赶紧脱单吧，女神！”大学时期同宿舍的盈盈趁机起哄。

“对，赶紧脱单！”同宿舍的叶子紧随其后，还配上一个坏笑的表情。

“请配合一下我文字的风格，谢谢！你们这群‘小欲女’。”若雨回复了评论，绷不住地甜笑，完美的鹅蛋脸越发动人，配上长长的卷发，轻熟、优雅，略有些羞涩，略有些性感，魅力无穷，让人无法抗拒。

这一幕印在后视镜里，被紧跟在后面的一辆玛莎拉蒂车主看到，着了魔一般，追尾了。车主不是别人，正是白宇。

若雨一听就知道怎么回事，遇到这种事拍照走保险就行，好处理。于是解开安全带，开门，下车。

白宇正要下车，手机振动了起来，居然是方昀打过来的。这位大小姐很少主动给自己打电话，白宇赶紧接了起来，看到前面的车主已经下了车，这时他的注意力根本不在电话上，准备等处理完这起事故再打回去。

若雨看了看自己的车尾，又看了看正在接电话的白宇，说道：“没什么事，不用打电话吧？”

电话那头的方昀听到是一个女人的声音，顿时醋意大发，白宇百口莫辩。索性跟方昀说了一句：“现在有事，一会儿聊。”就把电话挂了。方昀在电话那头气得说不出话来。

若雨在车外静静地等着他下车，白宇下车定睛看着眼前这个女孩，实在太美了，还透着一股仙气儿。

“我全责，您看是走保险还是怎么办？”白宇爽快地说道。

若雨又仔细看了看车身，确定只是轻轻贴了一下，两辆车身上都没啥痕迹。淡淡地说了句："没什么事，算了吧。"

白宇只觉得眼前这个姑娘太好了，马上从车上拿出一张名片，递给若雨："那行，有什么事打这上面的电话找我。"

陈若雨接过名片，香槟色的纸片上面印着："亚美传媒公司 CEO，白宇。"

雨夜

雨夜，露玫酒吧。

两打龙舌兰酒摆在桌子上，还有盐、柠檬。

"白宇身边居然有了别的异性！"方昀气哼哼地说。抹了点盐放在左手虎口，舔了舔，端起一小杯龙舌兰，一饮而尽，拿起一片柠檬，吮吸着。

"谁啊？！居然比方大小姐还有魅力？！"寻露玫有些讶异。

"怎么会发生这种事？"李丝蓓关切地问道。

"我——不——知——道！"方昀一字一顿地说。

寻露玫一看，方昀是真往心里去了，赶紧转移话题："丝蓓，你和卡卡最近怎么样？"

"跟以前一样。"李丝蓓垂下眼帘，做双眼皮时留下的痕迹还比较明显，虽然没那么自然，但确实好看很多。但即使这样，赵卡卡对她还是一样的不冷不热。

气氛越发尴尬。李丝蓓端起一小杯龙舌兰，居然也喝完了。但还是不习惯喝酒，她紧皱着眉头，大口地嘬着柠檬汁，试图把酒味压下去。末了，说道："今天怎么不喝菲特庄园的红酒了？"

这一问不要紧，把寻露玫心里记挂的人给挑出来了。蓦然已经太久没有消息了，上次发邮件过去也没有回复，真是太令人沮丧了。寻露玫只好也端起一杯龙舌兰喝了下去。

“今天不适合聊天，都回家吧！”方昀说完抓起包就要走。寻露玫也没有留客的意思，迅速地回复了一声“Bye！”

过了一会儿，方昀的高跟鞋砸着地板的声音又近了。

“怎么回来了？”寻露玫有些意外。

“雨太大了！”很明显，对方昀来说，今天不是个好日子。

寻露玫不动声色地划开手机，看了看实时天气预报，雨要下到凌晨3点。“今晚谁都别走了，不嫌弃就在我后面那个小屋里挤一晚上吧。”

方昀突然高兴地说道：“耶！今晚睡宿舍！又可以回到大学时光了！”

李丝蓓和寻露玫也被感染了，露出了笑脸。

酒吧里没走的几个客人奇怪地看着她们三个。

“露玫姐姐，今儿晚上能不能让我在你这儿唱一回？”

寻露玫正在想怎么回答方昀。

“就一回！你看也没啥人，不是吗？”方昀哀求着。

“好吧！那只能唱一首，我点……”寻露玫答应了。

“耶——”方昀再次兴奋地尖叫起来。

寻露玫赶紧叫住她：“《漂洋过海来看你》！”

“好嘞！”方昀愉快地答应。

方昀坐在舞池中央的一把吧台椅上，散下头发，扶好吉他，示意键盘手，弹着前奏，微闭着眼睛，等着追光落到自己身上，开始唱……

颜容、寻露玫，互不相识的两个女人，在不同的时间和空间里，选择了同一首歌，只因为同样陷在爱与被爱中，有同样的思念和牵挂。

同舟共济

庄园里的葡萄藤终于挂果了。果实有些稀疏，看起来并不是丰收的一年。

由于今年遭受冻害，酒庄的葡萄大大减产。之前，为了抵御冻害，酒庄彻夜点起数百把火把给葡萄树取暖，才把损失降到最低。这些日子，可把蓦然忙坏了。

点火把时的蓦然与平时状态极不一样，眉头紧锁，目光如炬，充斥着渴望和希望。颜容捕捉到他的另一面，从那时候她尝试着开始作画，已经有很多不同角度的手稿。不过这个细节可能蓦然并没有注意到，这些日子他太忙了。

这天，蓦然好像要出门。

“颜容小姐，我需要出趟差，离开的这段时间管家巴鲁先生会照顾好您。”蓦然出门前礼貌地向颜容解释。

蓦然要离开一段时间？颜容突然觉得不能在这里待下去了。虽然在国外待过多年，与外国人有过很多接触，但有时候她真的理解不了对方的意图。既然蓦然要离开一段时间，自己是不是也不适合留在这里？

颜容想了想，说：“谢谢您的安排，但我想离开一段时间，打扰太久了，实在不好意思。在葡萄成熟的季节，我会准时回来，给您画完像之后我就走。”

蓦然稍有些惊讶：“是否有招待不周的地方？为什么您要离开呢？”

“因为我实在不好意思打扰您这么久。”

“我想这只是您工作的一部分。您可能需要花很多时间了解酒庄的一切，不同季节，不同场景。然后，您就可以知道我和酒庄已经融为一体，我的肖像或许只有我，但是也有酒庄的一切。”蓦然解释道。

“是不是我要求太高造成了您的不悦？”末了，他又补充地询问了一句。

“不不不，我没有任何不高兴。是您的款待让我觉得承受不起。中国人有句古话叫‘无功不受禄’，我没有做出成绩却享用这么多，不合适。”颜容也坦然相待。

“实际上您做了许多，不是吗？我看到您画了很多这个酒庄里的景色，即使画的不是我，也是您工作的一部分。”

颜容没有想到，虽然蓦然看上去那么忙，但是他对自己所做的努力还是颇为留意的。那么现在，到底要怎么办呢？她犹豫着，不知道应该走还是留。

蓦然见状，大胆建议：“如果更深入地了解我的工作状态有助于您更好地完成肖像作品，您可以随我一起出差。”

颜容被蓦然的真诚打动了。可是她不好意思真的去跟他一起出差，不但不能帮忙，还平添麻烦，未免也太不知趣。

“跟您一起出差确实有可能更好地了解您，日后反映到给您画的肖像作品里会很好。可是这样给您添麻烦，会增加我对您的歉意。”颜容如实说。

“并不会添任何麻烦，相信我！跟我一起去布鲁塞尔吧，一周后回来。”

颜容盛情难却，觉得自己不应该再拒绝他了。

比利时是菲特酒庄的重要市场之一，蓦然这次出差就是要和比利时的重要经销商商谈今年菲特酒庄将要上市红酒的价格。

生意场上的蓦然，专注程度丝毫不亚于在葡萄园工作的时候，虽然是老客户，但每一个细节都捋得很清楚，经销商购入红酒的价格、售出的价格范围、网点、仓储、物流途径等。

今天的谈判有些困难。那位比利时经销商，一再想压低红酒的价格。今年葡萄园收成不好，大大减产，两年后由这批葡萄酿成的红酒上市时，价格上涨的可能性很大。如果今年尽量压低现在红酒的价格，那么两年后经销商的压力要小很多。但对于酒庄来说，葡萄减产已经损失了不少，如果出酒入市的价格再让，恐怕日子会不好过。不该让的不能让，蓦然一边很好地克制着自己的情绪，一边想办法与对方周旋。

经销商偶尔会看一眼颜容，他有些奇怪这位美貌的东方女子为什么会出现在这里。

蓦然也注意到了这一点，就借势说了一句："如果比利时市场对酒庄的酒兴趣不是很大，我想今年我可以更多地销往中国市场。"说完把身体转向颜容，对她行了个注目礼。

比利时经销商颇为不悦，原来这个女人居然是中国的经销商。"如果您把我的竞争对手带入我们谈判的现场，我认为是极不合适的！"

"您误会了，这位女士只是我的朋友，她是一位艺术家，但对红酒有着极其浓厚的兴趣。她只是一名来自中国的消费者。"蓦然很镇定地解释完，又问了下颜容，"容，你可以说说中国的消费者是如何评价菲特酒庄的吗？"

颜容立刻理会了蓦然的意思，从容地说："当然可以，我十分乐意。波尔多的葡萄酒在中国负有盛名，其中最受中国消费者喜爱的是菲特酒庄的酒，不同年份的酒都有不同的受众。虽然菲特酒庄酒的市场价格略高，但它带给人的愉悦程度，对中国消费者购买力的影响，几乎超出了一定范围内价格因素的影响。"颜容见比利时的经销商注意力已经被自己所说的内容吸引，便顺势说："比利时的巧克力，尤其是黑松露巧克力也深受中国消费者的喜爱，相信您也知道，用菲特酒庄酒配上黑松露巧克力，这种极致美妙的体验让人欲罢不能，我希望我有越来越多的同胞能品味和感受这一切。”

比利时经销商听后频频点头。其实他有一部分生意是把比利时的巧克力出口到中国销售，他很清楚中国市场的价值。这件事情蓦然都不一定知道，看来这个女孩说的情况还是很有可信度的。如果菲特酒庄的酒并不是那么在乎比利时市场的销量，自己谈判的筹码就少多了。如果谈不成，双方都没有好处。想到这些，就答应了和蓦然的谈判价格。

离开谈判地点后，蓦然十分高兴，他真诚地对颜容表示感谢：“衷心谢谢您，我就知道这段时间的相处让您和我、您和酒庄之间都有了默契！我太高兴了！”说完用力地拥抱着颜容，紧紧地，久久不放。

颜容帮了蓦然的忙，也算是还了这么久在酒庄打扰的人情，觉得释然了许多，也十分欣慰。一时高兴，拥抱时，她主动和蓦然贴了贴脸。蓦然脸色瞬间绯红，情不自禁地亲了亲颜容的脸颊。

颜容的心悸动了，她分不清蓦然的这个举动是礼节性还是有别样的感情？

比利时的巧克力在欧洲乃至全世界负有盛名，配上红酒，便是一道盛宴。将口味甘醇的黑松露巧克力与波尔多葡萄酒一起食用，浪漫便在空气中凝结、饱和并融化在唇齿之间，给人超常的愉悦和快感。

晚餐时间。蓦然端起郁金香酒杯，轻轻闻了闻，品酒入口，让丰富的酒香袭满味蕾后，咽下，随后喝一些清水漱口，让味觉再次清澈。

之后，他拿起一块巧克力放在口中慢慢融化，咀嚼，品味，再喝一小口酒，让酒香充分与巧克力的醇厚融合。

颜容也照着做，仔细品味着两种滋味共同产生的美妙感受。

在红酒和巧克力的双重作用下，蓦然和颜容之间也偷偷发生了化学变化。

晚餐结束后，二人在酒店花园散步。

颜容问蓦然："您还没有告诉我您的肖像要放在什么位置。需要庄重一些还是生活一些？"

"老实说，我自己也没想好。您也已经看到了，酒庄里已经有一幅我的画像了，至少我不需要同样风格的了。"

"您对您的肖像有什么特殊的要求吗？"

"没有，真实就是完美的。"

"其实有一些著名的雕像跟本人也并不是完全一致。比如拿破仑的雕像，米兰布雷拉画廊的那个。"

"您确定想要给我画一幅这种风格的？或者您也要为我做个雕像？如果是，我想我会是个尽职的模特。"蓦然说完冲颜容眨了眨眼睛。

颜容嫣然一笑，有些脸红，不好意思地说："我没有这么想过，不过，您需要的话，我完全可以。"

我完全可以。天哪！自己居然鬼使神差地答应了！如果是别的模特，完全可以专注于画画，可如果是蓦然，要怎样才能集中注意力？虽然不敢承认，可通过这几个月的相处和了解，自己已经爱上他了。

蓦然看着颜容出神地望着自己，目光中透着柔情，他情不自禁地张开双臂，轻轻抱住了颜容，拍拍她的肩膀，说："谢谢你！那一定会是一件特别棒的作品！"

这一抱不要紧，颜容情不自禁地紧紧地抱住了蓦然。蓦然刚开始有些错愕，随后也回应地拥抱着。

"I will not forget the way you are kissing , the feeling is so strong were lasting for so long..." 花园里某处安放的音响很合时宜地飘出了音乐声，恰好是那首 *That's Why*。

两个人不约而同地笑了。太巧了，不是吗？

再见钟情

陈若雨接过名片，说了声“谢谢”，拉开车门，随手把名片放在驾驶座这边车门上的储物盆里，开车走了。

白宇回到车里，才想起方昀刚才打过电话。电话是回还是不回呢?恐怕越抹越黑吧?晚上还有个重要的饭局，索性先不管了。

陈若雨径直回到家，随手打开音响，心想晚上没什么事，好久没有拿起画笔了，不如把今天那家花店画下来吧。

“有些故事还没讲完，那就算了吧，

……

啦啦啦啦啦啦啦啦去呀，

它们已经被风吹走，散落在天涯……”

不得不说朴树创作的这首歌确实有魔力，每次听到这首歌，若雨都会想起学校里的一切。歌声给了她灵感，仍旧是印象派的画风，画中花儿迷离的色彩让人遐想无限……

第二天早晨，若雨边收拾画架去西塘写生，边想着今年国庆要回家一趟去看妈妈。收拾妥当后，便出门了。画画需要清静，一个人最好。

沪昆高速很熟悉，不需要用导航。路上风景很美，老板也没有打电话来，一切都很完美。

若雨车技不错，开车对她来说，很多时候是一种享受，尤其是在这样的美景以及当前有闲情逸致的时刻……

突然，一阵刺耳的刹车声，紧接着“哐”的一声，一辆红色玛莎拉蒂突然变道，若雨一脚急刹车，还是追了尾。

这是怎么了?昨天刚被一辆玛莎拉蒂追尾，今天就追了一辆玛莎拉蒂，我这是要给玛莎拉蒂做广告吗？！

前面的车尾部撞出了一个大坑。若雨真是无奈，今天的计划和好心情全泡汤了。开门，下车，和前面车主理论。

车主是一位中年大姐，穿得很阔绰。没等若雨开口，那位女士就先发制人："你怎么开的车呀！会不会开车呀？！"

若雨冷静地说："是您突然并线的吧？您连个灯都不打就并线，实在说不过去吧？"

"反正你追尾了，你全责！我这么贵的车子，你赔得起吗？"

"全不全责得交警说了算，刚才的一切，我车上行车记录仪都录下来了。"若雨心里清楚，刚才那辆玛莎拉蒂速度那么快，肯定超速了。其实她车里根本没有行车记录仪，但就车主这个横劲儿，只能智取。

一听要找交警，那个嚣张跋扈的女人态度立马缓和下来，"哎呀，小妹，追尾小事故的，不用叫交警！你赔我点钱，或者找保险公司不就可以了吗？"女人看了看若雨的车型以及她的衣着，接着说，"要不你赔我 20 万元，微信转账就可以，要不我马上打电话给我的保险公司。"

20 万元？！狮子大开口啊！若雨心里琢磨着，这个车子并线已经并过来了，四个车轮都在线内，我追尾确实是我全责！可一想到明明是她先突然并线的，若雨就觉得不能吃这个哑巴亏。问题是自己偏偏没有行车记录仪！找交警也不一定有什么好结果！自己也不知道玛莎拉蒂修一次得多少钱。若雨低着头扶着打开的车门，目光恰好落在了那张名片上。

要不给他打个电话问问？若雨先不理会正在絮叨的女车主，回到车里，拿出手机，照着名片上的电话拨了过去。

响了两声，电话接通了。

"喂，您好？"礼貌而富有磁性的声音。

"您好！请问是白宇白总吗？"

“是，您哪位？”

“哦，我是昨天被您追尾的那辆君越车的车主，有事想咨询您一下。”

“修车吗？您说。”

“确实是修车，但不是我的车。真是不巧，今天我追尾了一辆红色玛莎拉蒂，车主问我要 20 万元，我想问问您怎么处理更好？”

“具体车型知道吗？”

若雨看了一眼前面车尾的标记，说：“Ghibli，具体哪年的款不知道，车看上去不新也不旧。”

“哦，在哪儿追的尾？撞得严重吗？”白宇觉得这个女孩出人意料的冷静。

“高速上，有个大坑。不知道保险杠有没有事。是她突然并线的，也没打灯，但四个轮子都并过来了。”

“哦，这样。你有行车记录仪吗？”

“没有，但我告诉她我有。”

白宇接着说：“那还是找保险公司吧，别让她找，我马上发给你一个我这辆车 4S 店的电话。你别让她找自己的保险公司。”

“行，我差不多也是这么想的，谢谢！我等你发我 4S 店的电话！那就先不打扰了！”若雨已经胸有成竹了。

“没问题！再有任何需要，尽管打我电话！”白宇觉得自己不是在帮人解决麻烦，更像是在和生意伙伴谈一个项目。这个女孩冷静、机智，是干大事儿的人！想到这些，他赶紧问了一句：“对了，还不知道你叫什么名字呢？”

“陈若雨。假若的若，下雨的雨。”

“记住了，再见！”白宇挂上电话，看着自己所在咖啡店窗外的西塘，仿佛要下雨了。

细雨中的西塘很是浪漫。假若在下雨的时刻遇到某个女孩，会是你吗？

等若雨处理好事故后直接前往西塘，找到酒店住下。这是一家临塘的客栈，拉开窗帘，就可以看见水面。

下午的时间还很长，若雨决定带上画架，找一座桥，或者小船，去写生。

若雨背着画架在西塘慢慢地走着，挑选着自己最心仪的一景。终于，她在一座小桥前面停了下来。桥的一侧有一棵柳树，绿得很可人，这一侧的石板路还有延伸到水面的台阶，台阶旁的水面停靠着一只小木船。

白宇一边在西塘的石板路上游荡着，一边低头琢磨生意上的事儿。公司刚成立不久，事情太多了。为了让方昀能够成为真正的歌手，白宇就从证券公司出来了，和几个朋友合伙开了一家小型传媒公司，想着有朝一日能捧红方昀。老实说，转行创业是需要很大勇气的，但是为了方昀，他愿意去做。此前，自己在证券公司的时候做过某家传媒公司的上市项目，平时因为方昀的缘故，也多留意了传媒行业的动态，但真正开起公司来，这些知识储备远远不够，吃力是必然的。他有时候都纳闷自己哪来那么大的勇气，也许这就是爱情的力量吧。想到这儿，白宇无奈地摇摇头，自己堂堂七尺男儿，对方昀可真是一点儿辄都没有。

若雨支好画架，打开颜料盒，拿起画笔，开始了。

若雨的仙灵气儿在她画画的时候表现得更为突出。越来越多的人在经过此处的时候，都会驻足停留观看，看画的人很多，看人的人更多。

白宇走到一座桥上，正欲远眺西塘的风景，却发现桥下前方道路上聚集了很多人。白宇走下桥，向人群走去，打算看个究竟。

“对不起，请让一下。谢谢！”白宇在人群中一边低声道谢，一边努力向画者靠近。

直到走到女孩面前，定睛一看，这不是那辆君越的车主吗？！ 3个小时前还通过电话！真是太巧了！

白宇抑制住内心的兴奋，开始仔细端详这位美丽的女子。颀长的脖子，如瀑的直发，洁白柔软的手臂，修长灵活的手指。微蹙的柳叶弯眉，灵动的双眼，秀气挺拔的鼻子。白宇想，她在画风景，但她也是别人眼中的风景，看风景的人借着看画，也是在看她。

这时，不知从何处游过来两只可爱的小鸭子，划过水面，波光粼粼。若雨开心地笑了，左侧脸颊浮出一个浅浅的酒窝。白宇心动了一下。

不知不觉半个多小时过去了，若雨画完了。

白宇走上前，叫了一声："陈若雨！"

若雨根本没有想到会遇到熟人。循声望去，十分惊讶！"白总？怎么会是你！实在太巧了！"若雨喜出望外，正好可以借此机会向他道谢，旅途也不会觉得太寂寞！

"是啊，真是太巧了！你来这里写生的？"

"是，顺便放松一下。你呢？"

"我也是放松一下，你一个人？"

"是，你呢？"

"我也是，现在两个人了。"

"哈哈！"

……

没有比这样的遇见更美妙的事情了。两个人都十分高兴，迅速拉近了距离。

"今天车的事情真是谢谢你了。"若雨诚恳地说。

"我还没有谢你呢！前天我把你的车追尾了，你就这么轻易地放过我了。"白宇调皮地说，顺便又问了一句，"你的车怎么样了？"

“谢谢关心，都解决了。快到西塘出的事故，保险公司的人检查了车子，没什么事，我就来这里了。”

“那太好了。不如我请你吃饭庆祝一下吧？”

“应该我请你吃饭，你今天帮了我。”

“都是因为你自己机灵，我其实也没帮什么忙。”

“咱俩都别客气了，一起去吃饭吧。”

“好的。我知道有一家特色菜不错。”

“那走吧！我知道有一家酒吧不错，吃完饭我们可以去那儿坐坐。”

夜晚的西塘，很美。

白宇和若雨在酒吧聊得很投机，从车、生意到人生，相谈甚欢。相互有好感的异性之间，自然而然地会聊到男人和女人。

有时候，人的想法很奇怪。

年轻的男子总是喜欢又穷又漂亮的女孩，一是穷的女孩没那么多讲究，再差的条件都能凑合；二是不会看到有钱人见异思迁，一心一意地爱自己。而且，她爱的是自己的人，不是为了钱。不幸的是，这只是青年男子一种缺乏社会阅历、自我安慰的错误认识。

一旦男人事业有成，有了一定的经济实力后，想法就变了。此时的他们已经成熟，更不会纠结女人爱的是自己还是钱这个问题，他们只需要一个体面、优雅的淑女。这样的女人带出去，才能显示自己的实力。

白宇和若雨都认同这点。不同的是，白宇觉得这样的女人是自己培养出来的，而若雨是自己要成为这样的女人，但不附庸于任何一个男人。

“不过你不需要纠结女人是喜欢你的钱还是人，因为你已经这么帅了。喜欢你，自然是喜欢你的人。”若雨聪明地赞美着眼前这位青年才俊。

“但要想赢得您这样的女士，还是竞争力有限哪！”恭维是相互的。

“哈哈，我不想属于任何一个男人，所以，没有比赛就没有竞争。”

白宇脑海里突然想起了方昀。他并没有想要追若雨，自己是生意人，场面话说习惯了。为了谈话愉快，氛围融洽，嘴甜一点无妨，何况自己的谈话对象也是精于世故的女人。可奇怪的是，她不说话的时候，尤其是画画的时候，又那么仙灵。这么冲突的两种气质，是如何在同一个女人身上融合的？

不，我现在在想方昀，不是眼前这个女人。白宇给自己脑子里翻了一页。不知道方昀在知道自己为她开了一家传媒公司之后会不会很惊喜呢，他原本计划在七夕节的时候告诉她这个好消息，如果情况允许，还准备安排一场求婚。要不要现在给她打个电话呢？白宇抬起手看了一眼腕表，时间还早，估计她还在外面。

若雨喜欢和白宇聊天。换作任何一个女孩，都会喜欢的。年轻、帅气、开朗、幽默。真的很高兴认识他！要不给他画一幅肖像吧？

“如果你不介意，我想给你画一幅肖像，作为感谢。”若雨找了一个很好的理由。

“非常荣幸！不过我没有当模特的经验，我紧张。”白宇打趣道。

“你不用当模特，”若雨拿出手机，打开摄像头说，“给你拍张特写就行。”

“没问题！”

随着一声“咔嚓”，若雨捕捉到了白宇的一张特写：略微抬起的剑眉，炯炯有神的双眼，注视着正前方，笔挺的鼻子，微微上翘的嘴角，右侧脸颊一个深深的酒窝。

这张有情绪！太适合画肖像了！若雨仔细地观摩着这张照片，实在有些心动。

颜容如画

第六章

风起云涌

东窗事发

整容是会上瘾的。李丝蓓为了得到赵卡卡的爱，决定要去削脸骨，垫鼻子。

寻露玫和方昀都劝李丝蓓不要去做脸颊手术，风险太大了。

“这个是四级手术，风险太大了。李丝蓓，你是不是脑袋进水了？”方昀气不过地说。

李丝蓓不吭声，不做手术，她更受煎熬。

“你能不能别老想着赵卡卡？能不能想想你爱不爱自己啊？”方昀真是恨铁不成钢。

寻露玫把食指放在唇边，示意她不要再说了。为了照顾李丝蓓的情绪，数落了方昀几句：“你这白富美，你哪知道别人的难处。”

李丝蓓默默地点点头。

寻露玫又转头对李丝蓓说：“丝蓓，你这样整下去，没完没了也不是办法，我觉得你现在已经够漂亮了，只是需要自信一些就好，不要老否定自己。”

“是吗？”李丝蓓将信将疑，眼巴巴地看着寻露玫。

“是呢。”寻露玫很肯定地说，还抚了抚丝蓓的肩膀。

可李丝蓓还是坚持了自己的想法。不久后，李丝蓓告诉赵卡卡要跟表姐一起去韩国旅游，然后去做整容手术。

刚做完手术，整个脸都包着绷带，肿得特别厉害，脸的两侧还绑着两个大注射器，分离伤口往外渗出的血液。是真疼，而且只能吃流食，好长时间不能咀嚼任何东西。李丝蓓是怎么熬过来的？她当时就天天憧憬着手术恢复后自己能变得特别美艳。

一个月后，从韩国回来，脸虽然还有些肿，但李丝蓓看到自己崭新的面容，已经十分满意了。为了完美地出现在赵卡卡面前，回国以后，李丝蓓还去表姐家住了一阵。

因为手术的折磨，李丝蓓瘦了不少。等脸基本消肿之后，李丝蓓最喜欢干的一件事就是照镜子。正面、左侧、右侧，怎么照怎么好看。这种愉悦是李丝蓓从来没有体验过的。原来长得美是如此美妙的一种体验！没有白做手术，没有白受罪！咦？怎么觉得自己有些眼熟呢？是不是有点像颜容？太好了！我现在像颜容一样好看了！太开心了！李丝蓓特别高兴。想到自己跟从小羡慕的人一样美了，十分开心。丑小鸭终于变成了白天鹅！

等赵卡卡再见到李丝蓓的时候，他使劲揉了揉眼睛。这是自家媳妇吗？简直太像颜……太好看了！

赵卡卡很满意现在的李丝蓓，李丝蓓也很满意现在的自己。

当李丝蓓再次出现在方昀和寻露玫面前的时候，她俩都不敢认了。不仅容貌、身材发生了很大的变化，连精气神儿也变了。话多了，笑容也多了，再也不闷闷不乐了，连身体语言都变得妩媚了许多。方昀一度都觉得自己真的错了，当初不应该拦着她去做手术。

想不到，多年老夫老妻也能转变成新婚夫妻的生活。李丝蓓觉得老天爷最终还是眷顾了自己，心存感激。最终还是得到了赵卡卡的真爱，身体受些苦也是值得的。赵卡卡觉得李丝蓓现在是一个完美的妻子，贤惠、美丽，还求什么呢？

这天，赵卡卡和李丝蓓约好去外面吃饭，但赵卡卡临时加班，李丝蓓在家里等着无聊，就想着清理一下客房柜子里的杂物。

李丝蓓走进客房，太久没人住，平时也不怎么清理，一股尘土味儿。李丝蓓打开窗户，窗框上一层土，上次有人住客房已经是半年前颜容在这里的时候。对了，她走之前留下的画，还在这个柜子里放着呢。

在哪儿来着？李丝蓓开始翻箱倒柜地找起来。一直找到最靠窗的这个柜子。打开一看，就数这个柜子最乱！一堆旧衣服塞得乱七八糟，还有被子胡乱裹着。这都是谁干的？李丝蓓皱起了眉头，家里我不收拾简直就没法待了！李丝蓓想使劲把被子扯出来，重新叠好再放进去。谁塞得这么紧，扯都扯不动！费了好半天劲，把手伸进去从柜子里侧把被子拽出一个角来，接着扯。

"啊！"李丝蓓尖叫一声，吓出一身冷汗！

怎么会摸到一只手？！

李丝蓓尖叫着跑到客厅赶紧打赵卡卡的电话想问他怎么办。这个时候赵卡卡的手机偏偏没人接听。

过了两三分钟，客房并没什么动静。

李丝蓓想，是不是我搞错了，怎么可能有手！！一定是我搞错了。

李丝蓓壮起胆子回到客房，一鼓作气拉住被子的一角奋力一扯，把整张被子都拉了出来。被子中间滚出了那个人体模型。

李丝蓓惊呆了。这个人体模型居然长着颜容的脸。

李丝蓓犹如五雷轰顶，一屁股坐在地上。卡卡，颜容，他们怎么会……不可能，不可能，不！不！

李丝蓓目光呆滞地目视着前方，恰好看到镜子里的自己，又是一张颜容的脸！

李丝蓓瞬间明白了所有的事情：颜容的无故消失、卡卡的整容建议、眼前的人体模型……自己陪伴赵卡卡这么多年，抵不过颜容待上一个星期。我的老公，喜欢上了我的发小，我的闺密……

李丝蓓奋力把人体模型砸向镜子，号啕大哭起来。片刻，又不知哪来的力气，她起来头也不回地跑出了家门。

……

站在小区门口，右边小花园在翻修，尘土飞扬，李丝蓓有些恍惚。

平日熟悉的一切此时看起来都那么扎眼。李丝蓓很想发泄不满，却又不知如何发泄。“现实”究竟有多严重，李丝蓓觉得此刻它完全可以吞噬自己。

绝望的时候，李丝蓓脑海里浮现出了普希金的诗：

“假如生活欺骗了你，不要悲伤，不要心急！忧郁的日子里需要镇静，相信吧，快乐的日子将会来临。”

可是，这管用吗？

李丝蓓偏执地以为，没有爱情的婚姻是不负责任的婚姻。但爱情不比事业，并不是有多少付出就有多少回报。为什么自己结婚这么多年，一直没有找到“家”的感觉？丝蓓常常以为自己什么都不想要，对什么都没有要求。直到今天，她不得不承认，对爱的渴望是如此强烈——爱一个人，爱一个家，爱世间每一份真挚动人的爱情……

“什么都可以，我愿意为你守护到天明，

让每个角落都有我的心，这就是我想坚强的意义，

有那么多的生命和爱情，在我的世界我只拥有你……”

假若有这么一个人，能够这样对她，此生无憾。一直以为赵卡卡是那个对的人，可是他居然……丝蓓一想到这些就仿佛有人掐住她的脖子，这是一种让人窒息的感觉。

何去何从

赵卡卡一进家门就喊："丝蓓？怎么不接电话？"没人答应，赵卡卡开始挨个房间里找，"丝蓓？丝蓓？"

直到他看到客房里拖出来的被子……

糟了！赵卡卡觉得大事不妙，后悔自己为什么不早把它扔了呢？这下媳妇儿都不知道受了怎样的刺激，我上哪儿找她去？赵卡卡心急如焚，生怕李丝蓓想不开做出点什么事情来。

赶紧先把这个东西扔了再说吧！赵卡卡赶紧扯了一个旧床单一裹，准备出门扔掉，马上去找李丝蓓。等会儿！就这么扛着实在有些不雅，得去阳台找一个大纸箱。

赵卡卡走到阳台，看到李丝蓓就坐在小区中心的花园池塘边，连忙扛着纸箱一路小跑着就下楼了。

花园里，李丝蓓魂不守舍地想着什么。

如果上大学的时候没有遇到赵卡卡，又会怎样？丝蓓回忆起刚来北京上学的日子。那真的是过了很久了。

……

那是丝蓓生命中很特别的一个日子，和众多亲人在一起庆祝，那种感觉真是太幸福了，无法用言语表达……第二天去北京上大学，不管前路会不会困难，这个美好的夜晚深深印在丝蓓心中，成为前进的动力。

两年后，当一切都不再新鲜，已经没有了欣喜，但也还没有完全习惯，丝蓓寂寥了……当时,丝蓓还没有完全爱上这座城市,直到遇见了赵卡卡。于是，李丝蓓爱上了香山的红叶、后海的灯火、簋街的小吃，还迷恋着又拽又帅的北京话，羡慕忌妒又喜欢着北京人……

2004年快毕业的时候，因为李丝蓓是学信息与计算科学的，想去深圳找工作，搞IT，但赵卡卡并不想离开北京，两个人正闹分手。此时，颜容也已经从广州美院毕业，正在深圳陪父亲颜正，丝蓓便跑去深圳和颜容见面。颜容劝李丝蓓珍惜赵卡卡，李丝蓓当着颜容的面打电话跟赵卡卡和好，赵卡卡说别闹了好好过日子行吗？李丝蓓说是要结婚吗？赵卡卡说是！当时，李丝蓓便约了颜容去做伴娘。后来因为李丝蓓结婚的时候颜容在意大利回不来,就一直都没有见面,直到今年春节在北京相聚。这一见面不要紧，居然发生了这样的事情。

嫁给赵卡卡后，李丝蓓便辞去了工作，专心在家照顾赵卡卡的生活起居。生活像茶叶般又清又苦，心里已经没有了快乐和悲伤，只有要完成的一件件家务事。生活平淡了，夫妻感情难免出现问题，直到李丝蓓不惜整容挽回爱情，倒是甜蜜了一些时日。可谁料想事情居然发展到了今天这个局面。

也许时间会改变这一切，可是时间能还给我一切吗？好不容易重拾的美好会从此永远失去，还是会再回来？抑或会以一种新的方式偿还，需要去适应、去习惯？

天已经快黑了，幽暗的天空于眼前漫开，灰色的花园小路在脚下延伸，这场景和色调，李丝蓓忽然发现和自己经常梦见的一个场景如此相似。梦境是虚幻的，但是丝蓓又不得不承认眼前的现实如此虚幻——难道要把现实中的困难当作一场梦吗？祈祷醒来时，又是春暖花开，阳光明媚……

也许只是卡卡欠我一个解释?

而此时，赵卡卡就在李丝蓓身后呆呆地站着，不敢上前一步。

如果原谅

颜容，一直是李丝蓓从小到大都想变成的人。像颜容这样的女人，身体里流淌着艺术的血液，随心随性，自在潇洒，和李丝蓓相比她活得更鲜活。

毕竟是两种不同的人！没有成为颜容那样的人，可为什么要活在那类人的阴影里？想想真是可笑，何必自寻愁苦！都说愁是心上秋，时值仲夏，但此刻李丝蓓的心里已然进入了深秋，甚至有些期待寒冬的到来。愿白色的雪花漫天飞舞，覆盖这一年或深或浅的痕迹，让一切都重归平静……

如果可以，希望什么事都没有发生。世间的事，不过几家欢喜几家愁……

赵卡卡在李丝蓓身后已经站了快半个小时了。他想上前抱抱媳妇儿，现在，他是爱她的。可是，她还爱他吗？说不定此刻李丝蓓心里是万分恨自己吧？怎么办？认错？解释？她会听我说吗?是不是一看到我，就会头也不回地跑了?可是我必须跟她解释！

想到这里，赵卡卡鼓起勇气，走上前，从后面抱住了李丝蓓。

李丝蓓并没有挣扎，反而出奇的平静。熟悉的味道，不用扭头她都知道是赵卡卡。她缄默不语，仿佛在等着赵卡卡开口。

“我错了，原谅我吧，丝蓓。”赵卡卡终于开口说话了，胳膊紧紧地圈住李丝蓓。人在害怕失去的时候，会下意识地想抓住些什么。

李丝蓓没有动，泪水奔涌而下。

“我知道我不该喜欢颜容，可是我什么都没有做。”

“你和她真的没什么？”李丝蓓冷冷地问道。

“真的没有什么！”赵卡卡回答得斩钉截铁。

“那颜容为什么不辞而别，而且到现在也没有音讯？”

赵卡卡哑口无言。想了很久，说：“也许是她发现了我喜欢她，不想给你添麻烦。”

李丝蓓心里咯噔一下。难道真的是我错怪了自己的丈夫和闺密吗？天哪！让我好好想想，到底是怎么回事……

赵卡卡搂着李丝蓓的胳膊，安抚地说：“丝蓓，是我不好，咱们回家吧。我给你订你最喜欢吃的外卖。”

听到这一席话，李丝蓓心里暖暖的，是的，至少现在卡卡是爱自己的。李丝蓓这才觉得又累又饿，想吃点东西。脑子里很乱，想也想不清楚。

进了屋，李丝蓓在客厅沙发上坐下，赵卡卡给她倒了一杯水：“你先休息下，喝点水，我马上给你订小龙虾。”

李丝蓓依旧冷冷的，含蓄地提示了一下赵卡卡：“你先去把客卧收拾一下。”

“东西已经扔了！我现在去收拾衣服和被子。”赵卡卡倒是知趣。

李丝蓓坐在沙发上，捧着杯子，一边听着空调运行的嗡嗡声，一边琢磨着赵卡卡和颜容到底是怎么回事。她仔细回忆起颜容春节时来的那一个星期，左思右想，也想不出有什么不对劲的地方。况且那时候爸妈还在家，也出不了什么乱子。

李丝蓓对自己说，别想得太复杂，也许真的没啥事，还是好好过日子吧。

可是，颜容究竟为什么不辞而别，至今杳无音讯？这么多年的发小，怎么可能说不联系就不联系了？到底发生了什么事？

不行，我一定要找到颜容，当面问清楚。

原来如此

蓦然和颜容从布鲁塞尔回到了法国。此时，正是柔情蜜意。一起在庄园里漫步、品酒、画画，感情日久弥深。

而世界的另一端，寻露玫，还在焦急地等待蓦然的回信。

这天晚上，寻露玫把自己的邮箱翻了个遍，也没发现蓦然回复的邮件。到底是为什么呢？寻露玫坚信自己的魅力，一定是蓦然没有收到邮件，他不可能不回邮件的。

已经将近凌晨 3 点，寻露玫丝毫没有睡意。她坐在吧台的射灯底下，再一次把蓦然的名片翻出来，仔细核对电子邮件地址，咦，这个字母“a”怎么看着有点奇怪？为了看得更清楚，寻露玫一路小跑到里屋办公桌，打开台灯，仔细检查。原来这个字母是“o”。被不知道哪来的黑色墨迹拉出了一个短短的“小尾巴”，不仔细看还真没发现。

“我说怎么回事！”寻露玫如释重负，不禁自言自语道。

寻露玫赶紧修改了邮件地址，重新把邮件发了过去，心想这回一定很快就能收到回复。

波尔多右岸的酒庄里，蓦然正在查阅邮件，看到了寻露玫发来的邮件。

“容，有个好消息分享给你！有一个中国的生意伙伴要来酒庄考察，她应该是一个不错的经销商。”蓦然很高兴。

“真棒！祝贺你！”颜容边说着边走过来，站在书桌另一边看着蓦然回复邮件：“荣幸之至，十分欢迎。”

居然这么快就回复了邮件！此刻蓦然居然就在电脑前！寻露玫喜出望外，这不是缘分还能是什么？

抓紧时间筹备波尔多之旅！明天就着手预订机票，寻露玫心情大好，端起酒杯一饮而尽。

蓦然和颜容相拥在大落地窗前看日落，时不时品品酒、聊聊天。

“亲爱的，能把这一幕画下来吗？简直太美了！”蓦然柔声问道。

“当然可以。”颜容微笑着答应，落日的余晖洒在她隽美的脸上，又似一幅画。

“别忘了我们俩也在画中。”

“当然。”

多么美好的瞬间！颜容一直以来都认为，作为一个画者，最大的乐趣就是能记录下所见所感的每一个美好瞬间。可眼前的这一幕实在太美了：日落、庄园、红酒、佳人。美得都有些不真实，她都不太确定自己是否能把这一切完美地记录下来，更别说艺术地放大了。

很久很久没有在作画前心生不自信了，这种感觉很奇怪。或许，是因为太在意和蓦然在一起的美好，细腻敏感的颜容下意识地、无端地害怕失去。

蓦然发现颜容的眼神有些游离，低下头，贴着颜容的脸，在耳边轻轻地问：“发生什么事了，怎么显得有些伤感？”

“没什么。”颜容摇了摇头，抱住蓦然，靠在他强健的肩膀上。

“你什么都可以跟我说，知道吗？”

“嗯……”

计划之外

为了赶回北京给方昀过七夕，白宇最近忙得焦头烂额。为了给她这个惊喜，也真是不容易。对，最重要的一件事——戒指！之前预订好的应该可以取了。

在哪儿求婚呢？要不让寻露玫帮个忙，让方昀那天在台上唱首歌，然后自己意外出现求婚？这个主意看起来不错，不知道操作起来有没有困难，得事先和寻露玫通个气。

马上就是七夕节了，一回北京，白宇就约了寻露玫在酒吧见面，把自己的想法告诉了她，让她帮忙出出主意。正聊着，赵向林来了。

“赵董，今天是什么风把您吹来了？您可是好久没来了啊！”寻露玫赶紧迎过去。

“我这不是听说你要去法国考察了吗？特地来问问能不能带上我。”赵向林调侃道。

“哟！寻老板，这位青年才俊是……”赵向林看到了白宇。

“赵董，这位是我闺密的未婚夫，亚美传媒CEO，白宇。”寻露玫赶紧介绍道，“白宇，这位是玉麟酒业董事长，赵向林。”

“幸会，幸会！”赵向林和白宇握了握手。

“幸会！”白宇和他互换了名片。

“说正事，下周我会从上海分公司派个得力助手过来，和你谈谈供货的事情。陈若雨，这是她的名片。”赵向林直奔主题。

陈若雨？从上海过来？一旁的白宇甚是惊讶，脸上不动声色，心里却在默默惊叹着，这不会就是我刚认识的那个女孩吧？她要来北京？世界也太小了！如果真是那个女孩，千万不能让方昀和她碰面，以免引起不必要的麻烦。

想到这儿，白宇赶紧抓住赵向林和寻露玫对话的间隙，插了句话：“那您二位慢聊，我还有事，就先走了！”

“好的，那有什么事回头再说啊！”寻露玫应了句，继续和赵向林说事。

聊完正事，赵向林问道：“露玫，你我是这么多年的生意伙伴，又知根知底，跟哥说实话，你不会真对那个法国人动感情了吧？你应该知道生意场上最忌讳什么，可别感情用事啊！”

赵向林已经把话说得很明白了，寻露玫也是明白人，把话说得太明白，她反而不高兴了：“向林哥，您都说了，这么多年生意伙伴了，我寻露玫是什么样的人你不知道吗？你要不信任我，就跟我一起去波尔多！”

“你看你看，还真急了！我就是给你提个醒而已，别往心里去！”赵向林轻轻拍了拍寻露玫。

“你就把心放到肚子里吧，等我回来的好消息。”寻露玫说道。

“行！”赵向林深吸了最后一口烟，掐灭在透亮的烟灰缸里。

巧合

这个七夕节，陈若雨不想一个人过了。

白宇的肖像已经画好，是不是该约个时间把画送给他？正好找个理由和他再见一次。如果他也有那个意思，就会选那天见面的。若雨把肖像拍了一张照片，鼓起勇气通过微信给白宇发了过去，附言：“肖像还满意吗？什么时候取走？”还加了好几个微笑的表情。

可惜白宇的回复十分令人沮丧："最近太忙，下周要出差。画得很好，不过恐怕要过段时间再取了，谢谢！"

如此官方的回复让若雨心凉了半截。看来人家并没有什么别的意思。还是好好把心思放在工作上吧！

正巧，赵董的电话打了过来。接到老板的指令，陈若雨准备明天就去北京。她又瞟了一眼白宇回的微信，冲着手机撇了撇嘴：有什么了不起？

寻露玫去法国酒庄的日程其实就在下周。她去法国的消息传到赵向林耳朵里的时候，事情都差不多妥当了。她也没告诉赵向林什么时候走，谁知道他会不会横插一杠子呢？果不其然，要派个得力助手来和我谈生意。既然他派个助手，那我也留个助手好了。当下，顺利前往波尔多才是第一要务。

离七夕节还差两天，露玫酒吧。

"请问寻总在吗？"陈若雨来到这里，问吧台里的调酒师。

"寻总出差了。"

"出差了？！"陈若雨觉得有些难以置信，约好了谈生意，人不在，这可怎么办？也不知道是自己老板没跟人说好还是对方不靠谱，但是现在这局面，只能自己想想解决办法了。赵董已经把要谈的事情交代清楚了，任务完不完得成，得靠自己。陈若雨正琢磨着，从酒吧里间办公室走出来一名男子，居然是张栩。

若雨简直不敢相信自己的眼睛："是你？你怎么会在这儿？"

张栩倒是一点也不惊讶："就是我，寻总的助理。"

原来，张栩在上海的那段时日，见陈若雨对自己仍不冷不热，便私下了解了若雨公司的情况，想"曲线救国"。平日里天天看若雨的微信朋友圈，发现某天若雨抱怨了句"要不要去北京发展？"又打听出了玉麟酒业在北京分公司的业务，就想办法在两个月前入职当了寻露玫的助理，反正在上海待的时间不长，再换一个城市也没啥成本。何况，就算是在上海，陈若雨也没什么时间见自己，不如试试其他机会。

这天，机会终于来了。但问题是，陈若雨现在心里不但没有惊喜，还有极大的不满。虽然她现在还没有搞清楚张栩到底是怎么出现在这里的，但第六感告诉她自己像是被张栩“算计”了。

算了，先不想这些，把赵董交代的事情搞定了再说！

“贵酒吧最近三个月销量最好的是什么酒？需要增加供货量吗？”陈若雨不多纠结，直奔出差任务。

“从你们公司进货的酒品和销量都在这张清单上，请过目。”张栩也假装一本正经。

陈若雨接过清单，仔细阅读，默默地和公司的供货及销量清单一一比对。

还真不习惯跟张栩谈生意！若雨紧蹙着眉头，集中注意力，暂时遏制住自己的好奇心，努力专注于眼前的事务……

一个多小时过去了，陈若雨认真地和张栩谈着每一个细节。而张栩的目光始终没离开过若雨的脸。

这时，酒吧门外，一辆白色的玛莎拉蒂开进了停车场。

白宇径直走到吧台，问酒保：“寻老板在吗？”

“寻老板出差了。我是她的助理，有什么事您可以跟我说。”离吧台不远的这张桌子上，张栩立马接过话。

陈若雨下意识地转了下头，正好和白宇四目相对。

白宇心想：陈若雨！果真是她！看来她这两天少不了在这里待着了。寻露玫也不在，这求婚的事儿，也甭准备了，以后再说吧。

陈若雨看到白宇，又惊又喜，可眼前正在讨论工作呢，对手还是张栩。于是，冲着白宇微笑了一下，马上又转过身，目光落在文件上。不过，她脑子里此刻想的是：白宇怎么会来找寻老板？也是生意伙伴？但他名片上明明写着亚美传媒公司，怎么会做起酒的生意？难不成他们早就认识了？我还是不要让张栩知道我认识白宇比较好，免得横生不必要的麻烦。

白宇正要跟陈若雨点头微笑，发现她好像有意识地把目光避开自己，便明白她可能有些不方便，不管什么原因，也别打招呼了，赶紧离开此地为妙。

此刻，张栩已经察觉到陈若雨走神了，便问了句：“若雨，你怎么了？”

“没什么，我正在想我们公司近期的进货计划，看看能不能保证供应。”若雨聪明地掩饰了过去，接着低下头看文件。不经意间，一丝长发从额头滑下来，垂到脸前，太美了。

张栩忍不住伸手帮若雨把这绺头发拨到耳后。

“你干什么？”陈若雨立刻直起身子，把头往后撤，下意识地说出了这么一句。

白宇在吧台处看到这些，以为陈若雨在谈生意的时候被人非礼了，既然和她都已经是朋友了，不拔刀相助哪行？于是一个箭步冲上前，不由分说，一把扼住张栩的右手腕。

张栩措手不及，这是哪里来的不速之客？于是大叫一声：“保安！”

四五个人高马大的保安围了过来。白宇不紧不慢地说了句：“知道你们寻老板跟我什么关系吗？看谁敢动！”

为首的保安认识白宇，就没动手，张栩哪受得了这种气，太没面子了，以后哪还能在这里混得下去？尤其还是在陈若雨面前，刚才被她拒绝已经失了面子了，这下可不能再失了威风！

“我管你是哪个！”张栩顺手抓起桌上的玻璃杯要往白宇头上砸。

陈若雨万万没有料想到眼前的这一幕，眼看着局势就要恶化，她大喊一声：“住手！”同时左手抓起包立刻去挡白宇的头。

“噗……”一声，锋利的玻璃片戳进了若雨的皮包，一道红色的血迹划过雪白的皮面。

白宇安然无恙，但若雨左手小指被崩裂的玻璃碴扎出了血。

两个男人立刻都收了手，异口同声地喊道：“若雨！”

他居然认识若雨！还叫得这么亲切！张栩越发生气了。

“我没事，白总，咱们走吧，麻烦送我去医院。”要不说陈若雨又聪明又冷静，眼下正是化解矛盾的好时机。

“好！马上去！”白宇小心地接过若雨的包，心疼地搂着她的肩。玻璃碴还在若雨手指上扎着，又不能先拿东西包着，血还在流。

事不宜迟，陈若雨右手抓起桌上文件，和白宇头也不回地离开露玫酒吧。

“若雨……”张栩极力想挽回点什么，可是连若雨的名字都叫得那么没有底气。

白宇开车带着陈若雨到了医院，还好，伤口没有太深，简单包扎了一下。

“可千万别留下伤疤。”白宇对若雨说。

“没事，不就一个小伤疤，又不是断了一截。”若雨表示无所谓。

白宇心想：陈若雨啊陈若雨，没想到外表柔弱的你还如此坚强！真是每一次见到你都有新发现。

两个人从医院出来，回到车里。

“你住哪儿？我送你回去。”

“就在露玫酒吧附近的万豪酒店。”

“公司待遇不错啊！我知道那家酒店。”

“谢谢！”陈若雨不多说话了。手有点疼，她也累了。

白宇看了一眼若雨的包，那片玻璃还扎在上面呢。得赶紧处理一下，以免二次误伤。

“方便我把你包里的东西取出来吗？”

“都拿出来吧，连包带那块碎玻璃扔了就行。小心点。”

“放心吧，你在车里等我一会儿。”

白宇从驾驶座下车，从后座上小心翼翼地取走了若雨的包，又开后备箱拿了点什么东西。

过了10多分钟，白宇回来了。拎过来一个白色的菲拉格慕女士手提包，对若雨说：“喏，新包上任了。”

若雨看了一眼包，质地精良，款式时尚，一看就知道价格不菲。看来他刚才开后备箱是拿这个包去了。

事已至此，若雨正想着要怎么开口才能既不失礼节又不会显得拒人美意。没想到白宇先说话了：“你‘救了我一命’，还损失了一个包，这个新包不成敬意，是为了补偿你的损失，请一定要收下。”白宇说完还冲若雨眨了眨眼睛，随即发动车子，向万豪酒店开去。

两个人一路上欢声笑语。到了万豪酒店，白宇停好车，扶若雨下来，帮她拎着包，一起向酒店大堂走去。

这一幕，正巧被在万豪酒店自助餐厅吃饭的方昀撞见。

这家万豪酒店，是方昀和白宇多次见面的地方。

自从上次那个电话产生误会后，方昀觉得放不下架子主动联系白宇，但又因为多日不见白宇甚是想念，便来这里发呆，没想到竟然看到了这样的场景……

我的心意

方昀追过去时，两个人已经进了电梯，找不到了。刚才那个女孩长发遮住了脸，也没有看清楚什么模样。

方昀快速地跑到电梯前，紧盯着电梯显示楼层。问题是6部电梯，从第一次停靠到最后一次我都得记下来吗？方昀懊恼极了，不知道怎么办。

没想到，刚过了不到10分钟，方昀就看见白宇从电梯里走出来了。她立马喊道："白宇！"

白宇看到是方昀，顿时傻眼了，深吸一口凉气，"你在这儿干吗呢？"

"我干吗？我还没问你在这儿干吗呢？！"方昀根本压不住火。

白宇想解释，但凭他对方昀的了解，知道解释也没用，索性不说话了，等着迎接方昀的一顿狂风暴雨。

"看到你车开过来的时候我还挺激动，没想到你却和别的女人在一起！"

"方昀，我就是来送个人的。"

"不过咱俩现在也没关系，我也管不着你。"方昀气哼哼地自说自话。

"我并不认为咱俩没关系！我对你是认真的！你怎么就不相信呢？！"白宇真有些无奈，"这事儿我已经跟你说过100次了。"

"你身边女人那么多，我怎么可能相信你？！"

"你是不敢给你自己机会。你害怕被骗，害怕受伤，害怕出现今天的这一幕，对不对？"今天都到这份儿上了，白宇就把话敞开了。

"你根本没有认真地对待过我，你只是为了你自己！"方昀情绪有些激动。

“我跟你在一起很快乐，到现在为止没有其他任何一个女人能给我带来这么多的快乐！要是我能娶了你，就能开心一辈子，我赚了！我为什么不认真对你？”白宇双手紧紧扶住方昀的肩，眼神着了火一般地注视着方昀。今天，他一定要把所有的话都说明白。

方昀快哭了，她确实像白宇说的那样，外强中干，看起来什么都不在乎，可内心是个容易受伤的小女人，带着哭腔回复道：“你说的是真的吗？”

“千真万确！”白宇把方昀搂在怀里，亲吻着她的额头。

方昀终于忍不住在他怀里哭了，一边哭一边说：“刚才那个女人是谁？那天在你电话里说话的又是谁？”

白宇安抚着她说：“就是个普通朋友，相信我，别瞎想。”

方昀像个小孩一样“哇哇”哭起来。

“乖，我们找个地方待会儿去，到那儿你想怎么闹怎么闹。在这里哭多不好，一会儿别人还以为我把你怎么着了呢。”白宇哄着她。

“嗯。”方昀乖乖地答应道。

“你开车了吗？”白宇问。

“嗯。”方昀点点头，还在抹眼泪。

“你就把车停这儿吧。我开车带你走。”白宇摸摸方昀的头，觉得她永远都像个长不大的小女孩，太可爱了。

两个人上了车，白宇对方昀说：“我带你去个地方。”

车子行驶到了方昀曾经的家楼下，他俩第一次遇见的地方。

“你们家从这搬走也有十几年了吧？”白宇问。

“太久了，我都记不清了。为什么要来这里？”

“还记得我认识你的那一天吗？”

“记得。你骑自行车溅了我一身泥。”

“你还记得你穿的什么裙子吗？”

“不记得了……”

“那天你穿着白衬衣、天蓝色的蝴蝶结短裙，特别好看。我第一眼就喜欢上你了。”

方昀看到白宇这么一本正经地跟自己表白，而不再是平日里那个油嘴滑舌的公子哥儿，真有些意外，略微有些蒙，不知道今天唱的是哪出戏。

白宇就特别喜欢有些发蒙时候的方昀，单纯得像个小女孩，简直太可人了。看着方昀好一会儿，白宇接着说：“你还记得上次我跟你说转行的事情吗？”

“对啊！我记得你辞职以后自己在家待了好几个月，头发胡子都老长了，突然有一天就洗心革面了，你都干什么了？”

“干什么了？理完头发的那天晚上不就去露玫酒吧扛你去了吗？”白宇笑着捏了捏方昀的脸颊。

方昀想起了隔天早晨给自己做早饭的白宇有一种暖心和幸福的感觉：“说正经的，你这几个月都干吗了？我怎么觉得你消失了很久？”

白宇不忙着回应，伸手从西服外套内侧口袋里掏出名片夹，打开，拿出一张，递给方昀。

方昀接过名片：“亚美传媒 CEO？你自己去开传媒公司了？！”她甚是惊喜。

“嗯，这几个月刚起步，实在是太忙了。我开这家公司，其实都是为了你。”白宇说到这里顿了顿，又强调道，“你不是一直想唱歌吗？我开这家公司就是为了帮你完成梦想。”

方昀简直不敢相信自己的耳朵。白宇对她，是千真万确的。

“等过一阵团队正常运转了，就可以正式开始安排你的事了。咱们从发专辑开始，争取一炮走红。”

方昀已经热泪盈眶了。我怎么可以这么傻，我太糊涂了，无端地伤害他那么多次……

方昀搂住白宇失声痛哭。

白宇抚摸着她的头，安静地等她哭完。今天，他的心意方昀终于明白了，这么多年，真不容易。

过了好久，方昀哭得眼睛肿了，鼻子也红了，鼻涕眼泪口水擦了白宇一肩膀，还没收住。

真是个小女孩！白宇哭笑不得："行啦！你看我衬衣都湿透了，再哭，要不要我把西装外套借给你擦擦？"

"扑哧！"方昀破涕为笑，一把推开白宇。

白宇见方昀不哭了，刚想对方昀说话就听见"咚咚咚"，有人敲车门。

白宇无奈地把车窗摇下，露出一条窄缝，压住不耐烦的情绪，问道："怎么了？"

一个中年男人站在窗外，说："哥们儿，劳驾，这是我的车位，麻烦您挪下车。"

"行，不好意思。"白宇礼貌地回复了一句，摇上车窗，对方昀说了句："去我家吧。好久没住了，正好你帮忙去打扫一下卫生吧。"白宇故意逗她。

"你没搞错吧？认识我这么多年，什么时候见我做过家务？"方昀翻了一下白眼。

"看看你，一点也没个女主人的样儿。"

"女主人才不打扫卫生呢！用不用我给你预约一个保洁？"

"来不及了，这么晚约不上了。"白宇故意逗闷子。

"好吧好吧，我陪你一起做家务，行了吧？！"

白宇得意地笑了，方昀在自己面前已经可以放下"大小姐"的架子了，这可是质的飞跃。

狭路相逢

寻露玫终于到了波尔多，直奔菲特酒庄。此行，头等大事就是为了见到蓦然。

打车到了酒庄大门前，寻露玫在车里又仔细整理了一下妆容，仪态万千地下了车。

蓦然在门口迎接了她。法式贴面礼让寻露玫异常兴奋，她脑子里已经开始幻想和蓦然的未来生活了。

正是午餐时间。

蓦然告诉寻露玫准备了丰盛的午餐招待她。二人缓缓绕过酒庄前的圆形草坪，走过酒庄基座的台阶，进入大堂，穿过酒庄会客厅，直接到了餐厅。寻露玫虽然举止表现得十分优雅，但心里已经乐开了花。蓦然很绅士地请寻露玫落座，又跟管家耳语了几句，管家点头离开了。

不一会儿，一个侍从拿了一瓶红酒进来了。寻露玫正好奇是什么样的红酒，却无意间发现，蓦然身旁居然还摆放了另外一套餐具！

一种不祥的预感如闪电般击中了寻露玫，她的心脏开始狂跳起来，双手有些不自觉地揉搓着餐帕。

苦熬了几十秒钟，这几十秒钟像几个钟头一般漫长。此时，颜容从餐厅门外走进来，蓦然起身亲自为她拉开座椅，二人微笑对视，一起坐下。

看到这一幕，寻露玫心如刀绞。没想到有人“捷足先登”了……居然也是个亚洲面孔，十有八九也是个中国人。可她实在太好看了，五官、皮肤、头发、身材简直是完美的。忌妒之情油然而生。

这是一场没有开始就结束了的战争。寻露玫面色惨白，默默地等着蓦然介绍她身边的女伴，就像等待死刑宣判一般绝望。

“寻女士，请允许我向您介绍我的女友，颜容。她也是中国人，我想我们一起吃饭您会更自在。”蓦然很高兴地介绍颜容，又向颜容介绍寻露玫，“容，这就是我跟你说过的中国的经销商朋友，寻露玫女士。”为了活跃气氛，蓦然还自嘲地开了个玩笑：“我想你们可以尽情吐槽我的酒庄和我的酒……”

“哈哈哈！”寻露玫强装笑容，而颜容的欢笑发自肺腑。

“怎么会，我们都认为您的酒庄和酒是波尔多地区最好的！”寻露玫强撑着场面上的话。

“不是全世界吗？”蓦然调皮地眨了一下眼睛。

“没错！为了全世界最好的酒庄和红酒，干杯！”寻露玫觉得自己怎么说话都不对劲，索性端起红酒杯，一饮而尽。

虽然寻露玫的喧宾夺主让蓦然和颜容有些惊讶，他们揣测这位远道而来的客人恐怕是旅途劳累急需放松一下，所以还是愉快地举杯喝了一口。

整个午餐时间，美酒、佳肴，寻露玫都味同嚼蜡。席间，蓦然和颜容眼神的交流、表情的默契，如一把把尖刀直戳自己的心坎。寻露玫就这么眼睁睁地看着，羡慕忌妒却无能为力。

寻露玫真想抽自己一个大耳光：为什么大老远地跑过来？就为了来看这一幕？为什么不和赵向林一起来？好歹也不至于这么尴尬！为什么这么盲目？盲目到未经任何考证就认为蓦然是单身？为什么这么花痴？花痴到任何一个巧合都认为是上天有意撮合……

寻露玫来的时候并没有买返程机票，她原本是想看跟蓦然的相处情况来决定停留时间的。现在倒好，根本无心在这里多停留一天，甚至都没有心思和蓦然商讨一下生意上的事情。回国后赵向林自会搞定一切的，寻露玫此时只想立刻结束这趟旅行。多待一天，就多受一天的煎熬，何苦让自己受折磨呢？

可是蓦然并未察觉到寻露玫的这种情绪，一方面根本没想到这位女士会如此痴迷自己，另一方面他的目光几乎都停留在颜容身上。哪怕是和寻露玫谈论酒的品级和价钱，他也毫不忌讳地带着颜容。

寻露玫从第一眼见到颜容，就有一种“既生瑜何生亮”的忌妒。这么多年来，在男人面前，她有着绝对的自信。可现在，眼前的这场较量，几乎在她登台亮相的那一刻，就一败涂地。从未有过此种感受的寻露玫在酒庄的每一刻都是煎熬，偶尔有那么几秒钟，她似乎觉得蓦然也在认真地看自己，可眼神里根本没有别样的东西。而蓦然看着颜容的时候，眼睛总是闪闪发亮。此前向往的酒庄里的一切，葡萄园、美酒、传承着酒庄历史的建筑，都变得不再令人惊叹，仿佛变成了一道道障碍，是用来测试寻露玫是否真正热爱波尔多的酒和酒庄的关卡。若稍有不慎，显露出自己的无知和冷漠，就更加无法在蓦然面前待下去了。

而对于正沐浴在爱河之中的那一对情侣来说，这里的一切都如画卷一般美丽，每一片叶子、每一颗果实、每一缕阳光、每一丝微风都是他们爱情的见证……

蓦然给寻露玫安排了一间普通的客房住下。好不容易完成了这半天的考察，让她心力交瘁。夜幕降临，寻露玫终于有了独自休息的时间。她一坐到床边，就有种特别想哭的冲动。

她一想到蓦然正和另外一个女人在同一幢建筑的某个房间里……眼泪就扑簌簌地掉下来。寻露玫根本无法接受自己心爱的男人不爱自己，更无法接受自己是情场上的败将。她一定会想方设法再把这个男人追过来，赢回一局是必须的。此刻的她，只是需要暂时离开这个伤心之地，在她看来，往后的日子还那么长，谁笑到最后还不一定呢。

寻露玫并没有哭出声，只是默默地让眼泪恣意流淌。她的哭泣只有两种：一种是在男人面前，梨花带雨，娇艳欲滴，实际上是一种手段、一种软武器；而另一种就是现在，掉泪，但不出声，她只是在借此调整情绪，作为强者姿态回归前的一种喘息。

寻露玫想尽快返回北京。明天就能把所有的考察日程结束，既然无心欣赏美景，索性走得干脆一些。寻露玫打开电脑，就订后天的机票。

第二天一早，寻露玫对庄园里葡萄品种的考察如期进行。这次，蓦然没有带颜容来。但他每隔一个多小时就会差遣随从去问下颜容有什么需求，直到最后一次随从告知，颜容让他安心陪客人考察，自己一切都挺好，不用担心，蓦然才踏实下来。

到了午餐时间，颜容又坐在了女主人的位置上。美食当前，寻露玫食之无味，只想赶紧回去。

颜容看上去有些憔悴，胃口很差，吃不下东西。整个午餐时间，蓦然都在无微不至地照顾着颜容。

餐毕，寻露玫正式告知蓦然明天就回国："蓦然先生，我就不过多打扰了，明天……"

此时，颜容突然干呕了起来。蓦然立刻抚着她的肩膀，很是心疼，起身扶起颜容，送她回房间休息，离开前意识到寻露玫刚才说的半句话，回复道："对不起，失陪一下，我马上回来。"

寻露玫不想瞎猜，就在餐桌上干等着。仆人把餐具撤下，给她泡上了一杯拿铁。咖啡快喝完的时候，蓦然终于回来了。

他有些羞涩地为此前的突发状况向寻露玫道歉："对不起，我女朋友怀孕了，刚才失礼了。"

寻露玫半天没有说出话来。她的嘴唇在下意识地颤抖，手心冒出了冷汗。最坏的消息真的就这样毫无征兆地劈头袭来，把她击个措手不及。木已成舟，她的心在滴血，耳朵里一阵嗡鸣，仿佛血滴的滴答声真的在震颤着她的鼓膜。

蓦然看到寻露玫面色铁灰，一声不吭，不禁有些奇怪，就继续说道："对不起，寻女士，您刚才说明天什么事？寻女士？"

寻露玫这才回过神来，赶紧掩饰自己的失态："对不起，我明天就回国了，刚才正在想明天机票的事情，您是说您的女友怀孕了是吗？恭喜恭喜！感谢您分享这么重要的好消息！这两天非常感谢您的热情招待，我在这里多有打搅了，真不好意思。关于合作的事宜，回去之后我会尽快拟订计划！"

蓦然微笑着点头致意："非常感谢！祝您明天旅途顺利！有什么需要可以跟我的管家巴鲁先生说。"依旧是十分官方的回复。

蓦然越是礼貌，寻露玫就越绝望，一丁点儿的亲近感都没有。蓦然说完便转身向颜容的房间走去。寻露玫整个身躯似乎都化成了一摊泪水。

完美恋人

颜容看到蓦然走进来，急忙问道："Nicétas，我刚才的失态没有影响到你们的谈话吧？真是抱歉！"

蓦然握着颜容的双手，浓情蜜意，万般温柔地对她说："亲爱的，没有任何影响。什么事情你都不用担心，安心地过好每一天。遇见你，和你相爱都是最美丽的意外，现在我们又有了更意外的惊喜，我会一直爱你、陪伴你、照顾你。"

刚知道自己怀孕的时候，颜容并没有心理准备，她从未想过会和蓦然有一个孩子！在酒庄里生活了半年多，已经爱上了这里的一切，但真的要在这里生活一辈子吗？她不确定。但她知道肚子里的小生命是蓦然的孩子，更是自己的孩子，这是上天的美意，她没有任何理由拒绝当下的一切。她唯一的顾虑是，怎么对孩子的外公启齿。在法国半年多，和父亲颜正也就打过几次电话。父亲还是老样子，身体也挺好，还是只关心她的专业成就,生活上的事从来不过问。但自己已经有了孩子是件大事，应该和他说的。既然要告诉父亲孩子的事儿，就不能不提到孩子的爸爸是谁……这么大的信息量，父亲能接受吗？

蓦然看出了颜容有心事，关切地问：“怎么了，容？告诉我。”

这一切不必和蓦然说。颜容抬起眼帘，微笑着和蓦然四目相视：“我只是在想，我们孩子都有了，我也没给你画好肖像。”

“哈哈哈！”蓦然开怀大笑，“亲爱的，你已经给了我一件无与伦比的作品！”他用右手食指微微抬起颜容的下巴，深情地凝视着颜容。

颜容从没问过蓦然结婚的事情，生活在欧洲多年，她自己也并不在意这件事。法国人对婚姻和爱情的态度，颜容很清楚，所以她顺其自然。这样超然的态度，反而让蓦然更加爱她。在蓦然眼里，颜容美丽、聪明、有才华，浪漫柔情，洒脱不纠结，简直是一个完美的恋人。他很享受和颜容在一起的每一天，他们之间的感情与日俱增。

傍晚时分，晚霞满天。

在酒庄第三层圆形的大阳台上，1.5 米长、1 米宽的大画框落在地面上，30 多支不同大小的油画勾线笔、排笔和 100 多支颜料摆在工作台上，油画布绷得紧紧的。颜容坐在画框前，左手拿着周边已点上了一圈颜料的木质调色板，大拇指抠在色板中间的孔洞里，右手拿着画笔，在色板中央调着颜色。

蓦然从后面拥着她，看着专注的颜容，忍不住亲吻了一下她的脸颊。

“好了，亲爱的。先放开我，让我开始画吧。”颜容轻柔地说道。

无法触及

颜容在画画的时候，脑子里也在思考着事情。结婚，做一个贤良妻子，每天守在家里，苦等丈夫回来，这不是我想要的生活。假若把爱情比作红酒，随时随地都可能让你陶醉到眩晕，那么当你进入婚姻，随着时间的流逝，你们已经对双方的一切都了如指掌，生活，就宛如一杯苦瓜汁。颜容很清楚，哪怕是蓦然和自己如童话般美丽的爱情，也难逃这样的厄运。

画布上展现的是日落时分的葡萄园。天空的颜色呈红、橙、紫、蓝、灰五种颜色，变幻交织在一起，给人一种光影流连的感觉。葡萄园和天空的色彩过渡得恰到好处，虽然分界线并不明显，却又能让人清楚地意识到哪里是天空，哪里是大片的葡萄树。

蓦然问颜容："容，我知道你更擅长画人物，为什么在酒庄里画景色更多呢？"

颜容停下画笔，把调色板和画笔都放到操作台上，转过身对着蓦然，轻轻地摇了摇头，长长的卷发微微随风摆动，双手伸直叠放在腿上，目光在蓦然脸上停留了一会儿后又转向远方，微微张开嘴唇深吸了一口气，说道："这里的景色太美了，我画下来，也就更深刻地印在了脑子里，等到离开这里的那天，便不会留下遗憾。"

"为什么老想着离开的事？即便真的要离开，你难道不更愿意记住这里的人吗？"

颜容笑笑，没有说话，给蓦然一个温柔的吻，算作无声的回答。

颜容总觉得，她和蓦然之间会有走到尽头的那一天。再美的爱情也逃不出魔咒，哪怕是以婚姻的形式结束，那种美妙神奇的感觉也终将逝去。问题是，现在有了孩子，她和蓦然的爱情会选择什么样的方式谢幕呢？

这样的情感也反映在了颜容的画作上。这幅画里的景色无疑是美丽的，但给人一种无法触及的虚幻感。就像颜容此时此刻的心境，眼前的一切都是极好的，好到简直有些不真实，所以她并没有把握，未来的结局会如何。或许是因为蓦然和她进展得太快了，还始料未及地有了一个孩子，别奢求蓦然了，自己都没有准备好接受这一切，由此而产生不真实、不确定的感觉，也是人之常情。

万里之外的北京，李丝蓓还在苦苦寻找着颜容的下落。她尝试着去找颜容的父亲颜正，然而她并没有颜正的联系方式。她只知道颜正退休后居住在深圳，但13年前她和颜容在深圳见面的时候也并没有去她家里。更可惜的是，因为颜正带着颜容在很多年前就搬离了李丝蓓的老家，李丝蓓的父母和颜正除了是邻居，本来也没什么交集，加之多年未联系，他们一时也找不到颜正的电话。李丝蓓写了一封信给颜正询问颜容的下落，寄到广州美院，也不知道会不会有人转交给退休后居住在深圳的颜正。

白驹过隙

一年以后。

颜容和蓦然的孩子已经4个月大了。颜容觉得是时候跟自己的父亲交代一下了。这一年以来，偶尔与父亲通电话，也从未提起孩子的事情。

没想到这天父亲会主动打电话过来。

“容儿，最近一切都挺好吧？”

“挺好的，爸，您呢？”

“我还是老样子，最近有什么新作品吗？”

“最近画风景比较多，总感觉波尔多的美是画不尽的。”颜容撒了个小谎，其实自从孩子出生以后，她一有空就在画孩子、画蓦然，都是在画人。可是如果跟父亲说画人，父亲就要问画什么样的人了。倘若以这么唐突的方式告诉父亲自己已经有了伴侣和孩子，恐怕不妥。再给她点时间，容她再想想，应该在哪种场合告诉父亲。

“好，继续努力。我的女儿总有一天会实至名归的。”不用多说，颜正还是很相信颜容的实力。谋事在人，成事在天，也许只是女儿的机会还没有到来。

“谢谢老爸鼓励。”

“对了，有件事情要告诉你。前两天我原来的同事来看我，给我带过来一封信，是李丝蓓写的，说没有你的消息了。信是一年前写的，寄到学校，不巧卡在邮箱柜缝里了，最近学校换了个新的邮箱柜，搬东西的时候掉出来了。后来，同事就给我带过来了。”

“哦……”颜容应着电话，走神了，李丝蓓最终还是找过来了，她知道了事情的原委吗?

“你看看要不要联系一下她?”颜正一听女儿回答得这么犹疑，也不给意见，消息带到就好了。

“知道了，爸，我会跟她联系的。您不用管了。”

“行，那就这样。你照顾好自己。”

“好的，您也是。”

颜容挂了电话，翻了翻手机通讯录，李丝蓓的名字还在。时间过去这么久了，那件不愉快的事情，现在想想也没有那么扎心了。李丝蓓可能到现在也不知道她和赵卡卡之间发生了什么，她只是有些莫名其妙颜容为什么玩失踪呢?颜容觉得自己的处理方式似乎也欠妥，可在当时的情形之下，她还有什么别的好办法吗?一年多了，想想那会儿才刚认识蓦然，现在我俩连孩子都有了，也不知道赵卡卡和李丝蓓过得怎么样。

颜容还是没有勇气拨通李丝蓓的电话。至少，现在她还没有想好，要如何重新面对丝蓓和她的丈夫。

李丝蓓和赵卡卡这一年恩爱有加。李丝蓓的厨艺也越发精湛，偶尔也去赵卡卡表弟开的轰趴馆帮厨，小两口日子过得很红火。唯一的问题是，仍然没有孩子。除了这一点，李丝蓓觉得自己是世界上最幸福的女人。

方昀和白宇仍旧嬉闹着。白宇太忙，方昀倒是过得舒服，时间对于他们俩来说都过得飞快，不知不觉就过了一年。虽然方昀发唱片的计划还没有落地，但已经不打算在寻露玫的酒吧里唱了。一是因为害怕方澍达方老爷子知道；二是因为方昀马上要成为白宇公司的签约歌手，以后也没必要来这儿唱了。

待到荼蘼

陈若雨又升职了。天资聪明，加上敬业踏实，升职是必然的。而她的问题是仍旧没有找到另一半。

白宇送完她那个菲拉格慕包之后，这一年多来，两个人居然再也没见过面。白宇忙，陈若雨也很忙。有时候陈若雨想主动约白宇，可总觉得人家不冷不热的。她是个聪明的女孩，爱情来了是什么样子，她很清楚，就像那部经典的爱情电影 *He’s Just Not That Into You*（《他其实没那么喜欢你》）阐述的观点一样：如果一个男人没有主动联系你，不是因为他太忙、没有时间、抽不开身或者发生了各种意外，而仅仅只是因为他不想联系你，他没那么在乎你，他并不喜欢你。

这个现实对于每一个女性来说，都无比残酷，可是人总要长大，心总要被虐过千百遍才能成熟。

反过来，女人对男人也一样的。张栩还是会时不时地联系陈若雨。两个人的关系依旧没有什么进展，一方坚持不肯放弃，一方坚持不肯同意。

这个周末，陈若雨好不容易有了空闲时间，自己一个人找了家黄埔江边安静的咖啡馆，看看夜景发发呆。

手机振动了，滑开屏幕一看，没有任何惊喜，依然是张栩。“若雨，今年的生日，我能陪你过吗？”

若雨一想，还真快过生日了。天哪！自己居然36岁了！时间真是太快了！陈若雨打开手机前置摄像头，取消了美颜功能，仔细地检查着自己的脸。还很年轻嘛！哪里像36岁？！

若雨耽误了几分钟没有回复，张栩的信息又发过来了：“女神，在不在呀？”

陈若雨不想回复，至少，过两个小时再说。

望着江边绚烂的灯光，若雨思索着：找一个伴儿，到底要自己爱的还是爱自己的？就不能找一个自己爱又爱自己的吗？可自己已经36岁了，真的要一直拒绝张栩，等待姗姗来迟的那个对的人吗？要不然，索性做个决定一辈子不结婚，忠诚于自己那份崇高的爱情理想？刚认识白宇的时候，也曾有所期待，不知不觉此人竟然消失了一年，跟这个人还没来得及升温就偃旗息鼓了，下一个人也仍旧不知道在世界的哪个角落里躲着呢。由此可见，与事业相比，爱情有多么不靠谱，绝对不是几分耕耘就有几分收获的，真是令人无奈。缘分，到底什么时候能来？

如果没有爱情

陈若雨所期待的爱情是这样的，不管自己爱的是谁，对方都一样爱自己，甚至更爱自己。

但实际上，这种想法是太理想了。爱情往往并不遵循对等原则，太优秀的两个人无法互相迁就，加之每个人的成长经历不同，确实很难找到跟自己性格兴趣爱好完全合拍的那一个人。倘若再要求这个人恰巧也跟自己一样在寻觅伴侣，还得互相欣赏，那概率实在是太低了。

所以，陈若雨到现在还单身。都说爱情是一场较量，也是一场博弈。谁先喜欢上对方，谁就输了。

有着类似困境的，还有寻露玫。她尝试用一年的时间忘记蓦然带给她的伤痛，可直到现在，还是很难控制住自己探听蓦然的消息。有时候实在忍不住了，还会给蓦然发去邮件，哪怕收到的回复还是如往常一般的口吻，她也还是会飞蛾扑火般地一次次尝试……

爱情的套路很难改变，时间的脚步也从未停止。

转眼已是初冬时节。陈若雨受赵向林委派，得在北京分公司工作一段时间，直到春节前。

2018 年 11 月 7 日，北京冬天的第一场雪。上天给了若雨一场初雪作为生日礼物！

早晨醒来，看着窗外，若雨心情变得很好，昨天还在抱怨自己过生日也没有人陪伴，念叨着希望下一场雪，覆盖世界所有的喧嚣，重归宁静。想看雪花，真的就来了！戴上帽子、手套，穿上靴子……全副武装去踏雪了！

银装素裹的世界真的很美。道路、树丛、建筑、车辆都被遮住了原本的颜色，看起来那么整齐划一、干净。城市里的一切都好像在安静地休息，盖着白色的棉被睡着了。一直以来，雪的美丽从来没有让若雨失望过，或许是因为生在冬天的缘故吧，她对这大自然的白色精灵特别喜爱。

还记得多年前流行的一首生日歌，尽管曲调比较忧伤，歌词还是写得不错的："生日快乐，祝你生日快乐，有生的日子天天快乐，别在意生日怎么过……"

这场雪下进了若雨心里，抚平了她生日没有人陪伴的伤痕。

有初雪作为礼物的生日，多么难得！除了爱情，世间真的是有许许多多其他的美好。没有爱情，又如何？若雨对自己说：从现在开始，我更加洒脱，不再依赖；从现在开始，我情感独立，接受孤单；从现在开始，我放下期待，抛弃忧愁，认真生活；从现在开始，哪怕孤独终老，我也不再害怕未来。

事在人为

看着窗外的雪，李丝蓓却欣喜不起来。

她和赵卡卡结婚这么多年，还是没有孩子。而且自己每年都做体检，什么毛病也没有。这是一块时时压在李丝蓓心里的大石头，相反，赵卡卡对没有孩子这件事并不太在意。

在李丝蓓看来，有没有孩子关系到自己后半生是否幸福。李丝蓓出生在南方小县城，嫁给北京出生家庭条件优越的赵卡卡在旁人看来算是"攀了高枝"，结婚以后又成了全职家庭主妇，现在虽然在赵卡卡表弟浩子开的轰趴馆帮厨，但也不能算正经工作。如果有一天赵卡卡跟李丝蓓离婚了，她可能根本无法在北京立足。于是，可怕的危机感又来了。考虑到这一点，李丝蓓就努力想生个孩子。无奈结婚好几年，肚子还是没动静儿。李丝蓓知道要再错过了时机，自己岁数再一大，就恐怕真的危险了。不能坐以待毙！

突然间，李丝蓓想起自己特别擅长做饭，那是不是可以尝试用药膳给自己和赵卡卡补补身子？李丝蓓赶紧上网去查滋补的食谱。赵卡卡老加班回家晚，我就每天给他炖上一锅滋补的汤，每天都换着样儿，等他回来喝。这大冬天的，什么都比不上一碗热气腾腾味道鲜美的汤驱寒解乏。

至亲

蓦然给他和颜容的儿子取名叫 Christophe，颜容又给他取了中文名，叫蓦越。这是一个有着棕色卷发的小男孩儿，眼睛是灰褐色的，微微上翘的鼻子，肉嘟嘟的小嘴巴。混血小孩儿真的是太漂亮了！作为孩子的母亲，颜容觉得自己整个世界的重心都变了，之前是画，现在就是这个小天使。她简直无法将目光从孩子身上挪开，怎么都看不够。因为有了孩子，颜容现在有些希望能和孩子的父亲结婚了，即使不为别的，就为孩子能和父亲母亲一直生活在一起，直到长大成人。但这件事情总不能让自己提吧，那么是不是得暗示下蓦然，看看他有没有求婚的意愿。

这天，颜容和蓦然都坐在婴儿床边，凝视着熟睡的小蓦越。颜容淡淡地说了一句看似自然而然的话："真希望时间停留在这一刻，永远这么美好。"

蓦然有些好奇："容，我怎么听出有一点点伤感？不，随着孩子长大，以后的每一天只会更美好。"

"他需要我们的悉心照料和陪伴。"

"当然！难道我们不会吗？"

"我是说，我们都是第一次做父母，也许并不一定能做得完美。"

"我们会竭尽全力。"

"谁也不能缺席。"

"谁也不会缺席！"

"我们三人是一个整体。"

"我们是一个完整的家庭！"蓦然说完这句话，突然意识到颜容的言下之意了。"天哪！都是我的错！我早就应该……天哪！我都干了些什么！容，相信我，我会给你一个大大的惊喜，但我现在什么也不能说，以保证'惊喜'仍然能是惊喜！但是，相信我。"

颜容笑盈盈地看着有些惊慌失措、脸憋得通红的蓦然，觉得他现在着急的样子真是太可爱了。末了，认真地说了一句："当然，我相信你，一直都是。"颜容一直相信蓦然对自己的感情是真挚的，而且从认识到现在，日益深厚。

颜容想如果结婚的话，还是要回国看一下父亲的。之前跟蓦然也说起过父亲，只不过没到考虑结婚这一步，颜容还并没有跟颜正提起过蓦然。这一点蓦然知道了恐怕要不高兴，得赶紧跟父亲说了。虽然父亲的脾气自己很了解，但颜容还是无法预见把这个信息带给父亲的时候他会做何反应。为了稳妥起见，最好还是自己先回一趟家，和父亲好好谈谈，一两年未见，作为女儿实在是不孝，如果不是中间怀孕生子，早该回去看看了。

关于和父亲的关系，这么多年，颜容一直有个心结。

从记事起，家里就只有严厉的父亲和慈祥的奶奶。小时候，颜容无数次地问过妈妈在哪儿，只得到一个答案：妈妈去了很远很远的地方。奶奶去世以后，8 岁的颜容就开始自己料理生活起居。父亲其实更像一个严师。他每月会给颜容生活费，从来只问她的学业，至于其他，从不关心。记得颜容 13 岁那年第一次来月事的时候，在家里吓个半死，也不敢跟父亲说，大晚上自己偷偷跑去最要好的女同学家里一通哭。还好那个同学已经比自己稍微成熟一些，告诉她应该去买点什么。

很多类似的事情，让颜容觉得跟父亲总有距离感。即使长大成人，父亲也仍旧只关心自己的专业。而颜正也似乎有意不让颜容关心自己的生活和身体，颜正退休以后，颜容曾经多次尝试着去关心父亲的身体健康和是否有生活不便之处，但都被拒绝了。父亲老是这句话："我自己的事，你不用操心，好好把你自己的专业水平提高才要紧。"起初她也不知道为什么，后来想想可能是家里没有妈妈的缘故，父亲这么多年，早就习惯了一个人。

所以，关于蓦然和孩子的事情，颜容必须好好准备一下，回去当面和父亲好好谈谈。可一想到自己的专业还是没有取得成就，颜容就心里打鼓，她没有底气去跟父亲说其他的事。不管多为难，在蓦然求婚之前，是必须要回去跟父亲摊牌的。说到底还是自己的爸爸，颜容真是搞不懂自己为啥跟老鼠见到猫一样。

那件毛衣

圣诞节快到了。这天，李丝蓓正在西单逛商场。

她漫无目的地转悠着，各个品牌店里都写着打折的字样，琳琅满目的商品让她眼花缭乱。方昀和寻露玫今天都有事，自己一个人逛，就算试衣服，李丝蓓也不知道试给谁看。回家待着？又实在太无聊。

突然间，李丝蓓好像在人群中发现了自己最想看到的那张脸！她赶紧追过去，可那个人又迅速消失在了人海里。

颜容，是你吗？难道你一直没有离开北京？为什么这两年来我总觉得时不时地看到你了呢？你一定要告诉我，那天为什么要不辞而别？你和卡卡，不会有什么事故意瞒着我吧？

李丝蓓经过一家店铺，看到了一款灰蓝色的套头宽松长毛衣，不禁停住脚步。这不跟当时颜容来家里穿的那件一样吗？李丝蓓忍不住要进去试一试。她走到货架面前，慢慢伸出手，仔细地触摸着这件毛衣。

李丝蓓脑海里又浮现出颜容在家里的一幕幕，她又开始查阅着自己记得的每一个细节，仍旧没有发现什么异样。

从试衣间里出来，李丝蓓走到镜子面前，仔细地打量着镜中人。灰蓝色的大毛衣，藏蓝色的铅笔牛仔裤，一双简约的黑色踝靴；超长的大卷发，大大的双眼皮，高高的鼻梁，尖尖的下巴。这不就是当年的颜容吗？李丝蓓端详着自己，不知道该高兴还是悲伤。确实变美了，变得和颜容一样美。可我还是李丝蓓吗？李丝蓓应该是这个样子吗？如果不是这样，又该是什么样呢？

李丝蓓下意识地整理起身上的毛衣，她提了提肩膀这里，织得还挺密。等等，织得挺密？！李丝蓓好像想起点什么，她努力在脑海里回想颜容穿着这款毛衣时的情形。

……

“容，你这个毛衣还真有范儿！特别好看！”李丝蓓边刷着锅边对颜容说。

“谢谢，还行吧。下飞机就随便买了一件。”

“哎，肩膀上怎么还有破洞啊！就跟被牙咬了一样，哈哈！”

“哪儿呢？有吗？”颜容拽起衣服看了看，突然间意识到这是下午李丝蓓不在家的时候赵卡卡咬的……不禁一阵紧张，脸红一阵白一阵，赶紧回复道：“就这款式。”

李丝蓓觉得自己说错话惹颜容不高兴了，真是的！干吗说人家衣服破了呀！就赶紧找补说：“这款式真洋气！”

……

李丝蓓突然从回忆中抽离出来，对！她的毛衣是一模一样的，可是肩上有破洞！李丝蓓赶紧问店员：“这件毛衣是哪一年的款？”

“去年春款，现在打七折，很划算的。”

“肩上有破洞吗？我是说原来的款。”

“没有的，这就是原来的款。”

李丝蓓心脏开始狂跳起来。颜容毛衣肩上的破洞是怎么来的？她当时为什么看起来有些怪异？

李丝蓓觉得自己在瞎想，可又无法说服自己不去想。为什么记得这么清楚？不会的，不会的！就一个破洞而已，能有什么事？！李丝蓓你到底是傻还是不傻！胡思乱想些什么！

往事重提

李丝蓓紧张地咬着嘴唇，拿出手机，拨通了寻露玫的电话。

“露玫，你在酒吧吗？”

“在呢。不在这儿，还能去哪儿？”

“我去找你，现在。”

“来吧。叫方昀吗？”

“叫。”

露玫酒吧。哪怕是冬天，酒吧里的温度也足够火热。

寻露玫穿着一件灰黑色的露肩连衣裙，戴着夸张而时尚的耳环。耳环是一对亮枚红色火烈鸟，金属链的细长腿，脚掌正面是玫红色，背面是天蓝色，随着佩戴者头的动作旋转着，一会儿蓝一会儿红，很是抢眼。

“来了？”李丝蓓刚一进来，寻露玫就给她端上了一杯酒，“方昀有事来不了了。”

“嗯。”李丝蓓看上去情绪很低落，有心事。

寻露玫打量着李丝蓓，灰蓝色的大毛衣，藏蓝色的铅笔牛仔裤，一双简约的黑色踝靴，这一身还真洋气。配上超长卷发、修饰过的五官，真的与两年前的李丝蓓相差甚远。

寻露玫问道：“你怎么了？”

李丝蓓就把自己的担心和事情的原委从头到尾细说了一遍。关于颜容的一切、颜容两年前春节在她家里的每一个细节，以及那天早晨的不辞而别和事后的杳无音讯都一一交代清楚。

寻露玫仔细地听完后，她没有料想到李丝蓓还藏着这么一个故事。刚听完这些，她不能马上给李丝蓓分析出个结果来，但现在，她也有一种想倾诉的冲动。

“丝蓓，你知道为什么我一年前从法国回来后就像变了个人吗？”

“为什么？”李丝蓓暂时忘记了自己的烦恼，被寻露玫的话吸引，这是她一直想问又不好问的。

“因为我一见钟情、魂牵梦绕的那个男人，居然爱的是别人。”寻露玫深吸一口气，继续说道，“也许你要说这事儿也没那么让人郁闷吧？大多数人都遇到过这种情况，但在我寻露玫身上就不行。喜欢我追求我的人无数，而且只要我看上的，没有不喜欢我的。我自认为很懂男人，可他绝对是个例外。

我承认他的女友很有魅力，但这才让我更痛苦。我大老远跑去国外见他，没想到见到的是他和他还怀孕了的女朋友。看得出来，他很爱她，我连一点希望都没有。还没开始竞争就输得特别彻底，我不甘心！那个男人对我来说真的是太完美了，我觉得我的前半生都在等待他的出现。所以，一年多过去了，我还是很难忘记他，很难接受这个现实。”

“那个男人是你之前提过的那个法国帅哥吗？”李丝蓓问。

“对。”

“该是个什么样的女人呢？”李丝蓓问道。

“她确实漂亮，也有魅力。我承认，我忌妒她，我很忌妒。”寻露玫愤恨地说。

李丝蓓特别好奇那个女人长什么样，又怕问了寻露玫要不高兴，就说：“你没留几张你在法国的照片啊？”

寻露玫怎么会没有呢？当时自己根本没有心情拍照，所以只有一张在酒庄圆形草坪前的集体合影。她根本不想看那张照片，因为那张照片蓦然搂着的是他的女朋友。可她又不忍心删掉那张照片，那是唯一一张她和蓦然的合影。

李丝蓓这么一问，她倒想把那张照片翻出来看看了。寻露玫自己也想知道，过了这么久，看到蓦然，还有没有心动的感觉；过了这么久，看到这一对恋人，还有没有心痛的感觉。

复仇联盟

照片找到了，蓦然和颜容看起来如此亲密。寻露玫呆呆地望着手机，心还是像被揪了一下，生生的疼。

李丝蓓把头凑过来，好奇心十足地说："我倒要看看是何方妖精！"

下一秒，李丝蓓惊呆了。颜容！怎么会是颜容？！原来她不辞而别是去了法国？！她到底为什么不辞而别？！一定是做了亏心事，一定是她和赵卡卡发生了什么，现在她又和寻露玫喜欢的人在一起？

当对一个人的坏印象形成的时候，其他的坏印象也很容易跟着被投射到她身上。有时候，人的想法就是这么奇怪。

李丝蓓难受地喘着粗气。她视颜容如亲姐妹，可没想到发小就这样地伤害自己，还有自己的好闺密。

寻露玫有些诧异："怎么了？你看到什么了？你认识她？"有时候女人的直觉还真是准。

李丝蓓痛苦地点点头。

"你认识她！这个女人是谁？！"寻露玫劈头就问，迫不及待。

"我发小。"李丝蓓无力多说，她正在难受颜容到底有没有和赵卡卡……颜容怎么可以和赵卡卡……她现在基本上已经认定颜容和赵卡卡之间一定是不清不楚了。

"发小？！就你刚才说的那个发小？！合着咱俩的情敌居然是同一个人！这个女人太可恶了！她什么来头？干什么的？！"寻露玫控制不住自己咄咄逼人的语气。世界实在太小了，简直不给人逃离冤家的空间。

"画家，在欧洲生活很多年了。"

李丝蓓突然想起点什么来，抑制不住亢奋地说："你见过她！你知道她在哪儿！不行！我得跟她见一面！”

“你一直要找的人居然是我见过的人！早知道是这样，我去法国时就当面拆穿她！”寻露玫已然怒火中烧了。

“咱俩再去找她一趟！”李丝蓓也不知哪来的动力，如此决绝。

“去！必须的！”寻露玫摆出一副撸起袖子要扇人耳光的架势。自己的账、丝蓓的账，都要算上！

“什么时候去？”

“越快越好！我尽快安排一下。”寻露玫干劲十足，“你有护照吗？”

“还真没有。”

“抓紧办。上网查查手续，有什么不懂的问我。”

“办完得多长时间？”

“还得办签证呢。最快出国也得一两个月以后了。”寻露玫又倒了一杯酒，问李丝蓓，“你喝吗？”

这次李丝蓓居然接过去了。

寻露玫露出一丝欣慰的微笑。喝了这杯酒，就意味着和李丝蓓的关系更紧密了。十几年的同学，再加上共同的敌人——这个朋友圈只有她们两个人，连方昀也被排除在外了。

“等过了圣诞和新年。”寻露玫念叨着。

“等过了圣诞和新年。”李丝蓓又重复了一遍。

潜台词是：饶不了她！即便颜容和卡卡之间的事情还没有百分之百坐实，李丝蓓已经完全不顾发小之情。是她先对不起我的！我只是以牙还牙而已！

错联鸾凤

圣诞节前夜，陈若雨一个人漫步在西单的街头。

大悦城门前竖起了一棵巨大的圣诞树，挂满了各种装饰品，闪闪发光。圣诞树底下站着一个“圣诞老人”，背着一个大大的礼物口袋，正在忙着往口袋里装着什么，一堆人围着他。

若雨走过去，看见离“圣诞老人”不远处竖着一块广告牌，旁边站着一个年轻的女主持人，拿着话筒不停地重复说：“欢迎扫码关注，回答问题！ 30 秒内连续答对 15 道题的可以将自己的心愿写在小纸片上装进圣诞老人的口袋，别忘了写下自己的姓名哦！被圣诞老人抽中心愿的人可以获得 100 元心愿基金，活动时间是 12 月 23 日至 25 日每晚 8 点到 9 点，每天限 10 个名额……”

陈若雨觉得无聊，打算凑个热闹试试。

作为学霸的她果然很顺利地在规定时间内就答对了所有题目，圣诞老人递过来一张粉红色的小便签纸，纸的右下角还有一只系着蝴蝶结的小兔子，很是可爱。这勾起了陈若雨的少女心。

许什么愿呢？

稍微想了一下，陈若雨写下了：新的一年，有新的收获。

她没写那么具体。实际上她确实是有些小目标的，但不会轻易让外人知道。

“写好了折起来，双手合上，闭上双眼，对着这棵圣诞树在心里默念你的愿望！这样你的愿望就能实现哦！”圣诞老人身旁的女主持人很合时宜地说道。

陈若雨想自己一把年纪了，怎么会信这种哄小孩的玩意儿？但既然闲得无聊，就索性装嫩装到底吧。

陈若雨一五一十地照做了，还在心里默念了许久自己的愿望。睁开眼前，她不禁觉得自己有些滑稽，嘴角露出了微笑。

就这样带着迷人的微笑，缓缓地睁开了眼睛。

白宇从圣诞树上取下一个小盒子，拿着一束香槟色玫瑰，转过身，笑盈盈地站在自己身前不远处。

陈若雨错愕万分。

这，怎么可能？！

出现幻觉了？！

眨眨眼睛，没错，就是白宇。

刚才那张纸上的小兔子似乎蹿到陈若雨的怀里，“咚咚咚”地跳个不停。

这一切怎么可能？！

陈若雨突然发现自己周围瞬间挤满了许多20岁出头的小姑娘，都拿着手机对着白宇一通狂拍，自己还被人流推来推去。

陈若雨压抑了一年多的感情突然间爆发出来，她必须承认，之前是因为没有得到白宇对自己的明示才把内心一层一层包裹起来。此刻，看着眼前的白宇，她已经来不及去想他这一年都干了些什么，今天又是怎么以这身行头出现在这里的，热泪夺眶而出，奔涌而下。

幸好，自己今天的样子足够美，还背着那个白色的菲拉格慕包。

她终于忍不住张开双臂迎上前抱住白宇。

“哇——”人群中传出一阵惊叹的欢呼声，接下来是“咔咔咔”地拍照。

而比陈若雨更意外的人是白宇！简直可以用惊吓来形容！

但最意外的是此时被女主持人刚带进场的方昀！

今天，白宇好不容易策划了一场给方昀的求婚。先是靠圣诞节的人气吸引人群来关注亚美传媒的公众号，搞些现场小活动活跃气氛，然后等时机成熟，自己西装革履捧着玫瑰花出现，吸引人群的关注，再在众目睽睽之下从圣诞树上的特定位置取下钻戒，这时候，根据事先安排，女主持人会带着什么都不知道的方昀来到他面前……本来想又求婚又给亚美传媒做广告，来个一箭双雕，结果……

此刻的人群已经沸腾了，方昀的进场根本没有引起半点注意。可是方昀却把眼前的一切深深地刻进了自己的脑子里、心里。她默默地记住了陈若雨的脸，给了白宇一个杀气腾腾的眼神，一句话也没说，转身就走了。

白宇眼睁睁看着方昀走了却无可奈何。刚才已经有了那么多人关注了公众号，他绝不能让亚美传媒一面世就当众出丑，只好让这个不知道从哪儿冒出来的花痴女人暂时搂着自己，日后再想办法跟方昀解释。他心想熬过当下，等这群人冷静下来就赶紧撤。他的目光无处安放，只好落在了白色的菲拉格慕包上，却忽然觉得有些眼熟，鼓起勇气推开女人的拥抱看了一下她的脸，居然还是如此隽美的一张脸……

“陈若雨？？？”白宇没能控制住自己意外的语气。实在太匪夷所思了！她怎么刚好出现在这里？！

人群一看男女主角四目相视了，理所当然地认为现在该出现偶像剧套路的规定动作了，于是开始起哄：“接吻！接吻！接吻——”

为了把戏继续演下去又避免造成无法挽回的局面，白宇顺势抱住若雨，嘴贴着她的耳边压低声音质问道：“你怎么会在这儿？”

陈若雨这才意识到有些不对劲。但她仍然不明白发生了什么，就如实小声说道：“我出来逛街看到这里有活动就参与了呀。”

白宇很无奈，老天爷也太会开玩笑了！他继续说：“你现在什么都不要说，跟我走。”

说完，白宇拉着陈若雨迅速撤离现场，往不远处事先停好的车跑去，还是那辆白色玛莎拉蒂。

“别愣着，快上车！”白宇有些急。

陈若雨迅速钻入了副驾驶位。

白宇一脚油门，飞速地撤离了现场。

车里，二人谁都没有先说话。

陈若雨隐隐地意识到有些不对劲。如果白宇真的是求婚，他现在应该迫不及待地表白这一年有多么想念她，多么想见又不敢见，发生了什么特殊的事情阻碍了他俩的联系等。然而，白宇并没有说这些。甚至，一个字都没有说。

白宇正在想怎么开口。如果只是一个陌生的花痴粉，当然可以理直气壮撇下不顾，甚至还可以发一顿脾气作为发泄。可换作陈若雨，他就不能生气，更不应该生气。实际上，他也生气不起来。为什么？因为这个人不仅是自己的朋友，还曾救过自己。看到那个白色的菲拉格慕皮包，白宇就想起了陈若雨拿起包为自己挡玻璃碎片那一幕。

“你还不知道发生了什么事吧？”白宇想了好久，轻声地说道。从陈若雨刚才的表现来看，她其实是很喜欢自己的，如果告诉她今天本来是要跟方昀求婚，她会不会很伤心？又会不会觉得很没面子，羞愧难当？还得向自己承认搅了局，万分抱歉，然后迅速逃下车去？如果真这样，这以后哪还有得朋友做？可是，站在方昀的角度考虑，他如果将错就错那就太浑蛋了。出于他对方昀的感情，本着负责任的态度，他得让陈若雨知道自己并没有真的向她求婚。

如何才能两全其美呢？

白宇想了个招，一切都推给生意。他向陈若雨解释说：“今天公司在这里策划了个活动，我这身行头出现呢，是想炒作一下，推起一个小高潮。本来事先安排了一个托儿，结果那女孩临场前要求加钱，可我已经上场了，正发愁怎么收场呢，巧不巧，我突然就在人群中发现了你！就赶紧站到你跟前儿，使劲儿看着你，没想到你还挺配合！真得好好谢谢你救场！”

听到不是真的求婚，陈若雨略有失望，但也松了一口气，好歹他刚才闷头开车那么久不说话不是因为别的什么意外出现。

她便知趣地下了台阶：“你们的活动搞得真不错！把平安夜的气氛搞得这么梦幻！我刚才还闭着眼睛在那儿许愿呢，一睁眼就看到你，真跟做梦一样！”其实，刚才要不是扫码看到了是亚美传媒举办的活动，她才不会像个小姑娘一样去对着圣诞树许愿。而她在心里默念了好几遍的愿望，正是希望再见到白宇。所以她睁开眼的一刹那，无比激动、兴奋，必然会忍不住要上前抱住他。

白宇顺势说：“对啊！我就看你一直闭着眼，心想怎么还不睁开啊？！”其实那会儿他的目光是看着人群后边方昀要出现的方向，至于陈若雨就在眼前的人堆里，他还真没注意到。末了，他又问道：“你又来北京出差了？”

“公司派我来常驻一阵。年后回上海。”

“那挺不错的啊！又升职了吧？”

“嗯。比上次见你时升了。”

“那得恭喜啊！”

“谢谢！”若雨此刻期盼着白宇能再次邀请她出去喝一杯庆祝一下。可是，过了一会儿，白宇却说：“你住哪儿？送你回去吧。”

一年多前，白宇也是把若雨送回酒店就立马走了，接下来消失了一年。这次也要这样吗？

关于母亲

圣诞和元旦都过了。

李丝蓓和寻露玫合计，等过了年再找颜容。

而颜容正准备回深圳陪父亲过春节，这次，她准备把蓦然和小蓦越都带上。

颜容终于鼓起勇气跟父亲说要带男友和儿子回国去看他。颜正着实意外，但也没为颜容生米已经煮成熟饭的这档事生气。他其实不太像一个父亲，更像一位老师。但颜正见到蓦然和小蓦越的时候，还是有几分惊喜的。年夜饭的气氛很融洽，虽然少了家长里短，但多了几分美术和红酒学术研讨的气息，而这恰好也让蓦然这个西方人对这位长辈颇多了一些好感。

酒庄里少不了蓦然，停留了一周后，按原计划三人要回到法国去了。临走的前一天晚上，颜正的心脏病犯了，颜容便提出让蓦然和小蓦越先回国，自己留下照顾父亲。

没想到颜正的心脏病已经好几年了，支架都已经放了五个，颜容深深愧疚，自己对父亲太不关心了。颜正还是那句话："我的事情你不用操心。你从小到大，我也没怎么关心过你的生活，都是你自己照顾自己。"

颜容虽然也知道从小到大，自己和父亲的相处模式比一般人都要松散许多，但父亲身体不好，她也没有尽到照顾的义务，还是感到内疚不安。虽然无时无刻不在想念小蓦越和蓦然，但既然这次好不容易回来，她还是要确保父亲没事后再走。

令人担心的是，医生说颜正的心脏病恶化了。随时都得备着速效救心丸，最好有人一直陪着。

颜容实在不能在这里一直陪着父亲，而颜正又不同意一起去法国生活，她正在琢磨着赶快给父亲物色一个保姆。

这天晚上，颜正一个人坐在沙发椅上，端详着墙上那幅回眸期盼的女人像。凝神已久，却一言不发。

颜容给父亲泡了一杯热茶，端过来放在一边，陪着父亲就这样默默地坐着。

过了一会儿，颜正终于开口了。

“容儿啊，你是不是觉得我这个父亲这么多年来当得并不称职？”

“爸，哪有的事。”

“我现在这身体状况，说不定哪天就走了。有件事，我应该告诉你了。”

颜容有些诧异，听父亲这么严肃地说，恐怕还是件大事，略有些不安。“您慢慢说，我听着呢。”

“我确实不是一个称职的父亲，因为我根本就不是你的父亲。”

颜容简直不敢相信自己的耳朵。

“我知道你听到这个消息一定会特别惊讶，”颜正继续说道，“所以我一直在等一个恰当的时刻。我心脏不好，说不好哪天就会出什么意外，再不告诉你恐怕就没机会了。好在如今你已经长大，有了自己的伴侣和孩子，我想你应该更容易接受我马上要告诉你的这一切。”颜正顿了顿，特地看了下颜容的神色，并没有过于激动，心想，她的身世终于可以娓娓道来了。

“看到墙上这幅画了吧？你肯定也记得，这幅画已经在咱们家几十年了。”

颜容立刻盯着眼前这幅画。是的，这幅画她再熟悉不过了，不知道凝视了多少个日夜，小时候她一直以为这幅画上的人就是自己的母亲，而且想象了各种父亲是如何画下母亲肖像的剧情。画上的女人眼神无比哀伤，这让她每每看着都很心疼。每次她问颜正这是不是她的母亲，颜正都告诉她不是。她知道不是母亲，便不会那么心疼了。

“不管我搬家搬到哪儿，我都会把这幅画放在最显眼的位置。因为这幅画里的人，确实是你的亲生母亲。我之前不敢告诉你，一是怕你伤心，二是怕你真要小小年纪径自去找她，会出什么意外。”

颜容的心被揪了起来。

“这是你母亲给自己画的自画像。你母亲是个很有绘画天赋的女人，可惜因为家里条件的限制没有机会去进行专业学习。我当年作为知青下乡，没事经常会去田间写生。有一次碰见一个腆着大肚子的村妇，停在我身后看了很久，我便问她是不是也想画画，她点点头。你妈长得很漂亮，又很有灵气，话不多，一拿起纸笔来就全然忘了周围的一切。她把这幅画画出来的时候，我着实惊讶了，真的没想到她能画出如此好的作品来。我看到她画出了自己，眼神如此哀伤，但没有怨气，她一定是有很多故事的人。我也不便多问，只是告诉她，想画画就还来这里找我。后来你母亲就时不时会来请教我画画的事。但她画的画，从来都不拿回去。我和你母亲之间有点像共同画画的同学，又有点像师生。”

颜容瞪大眼睛认真地听着。

“有好一阵儿你母亲都没有来画画，我知道她应该是生孩子了。一个下雨的夜晚，我住的小屋响起了敲门声儿，是你母亲抱着你来了。她哭得特别伤心，告诉我她生了一对双胞胎，可惜都是女儿，丈夫和婆家都很不高兴，说要送出去养，她苦苦哀求，哭得撕心裂肺，最后婆家同意只养一个，她走投无路就跑过来找我了，跪下求我收养你……”

颜容泪流满面，却没有出声。她没有想到自己的身世比她预想的还要悲惨。

“我看着你们母女着实可怜，就答应了她。你母亲千恩万谢，以后也经常偷跑过来看你，可不久我就必须离开那个村子，之后再也没见过她。

我小有名气之后曾经有意泄露过一些咱俩的消息，希望能传到你母亲的耳朵里，希望她有朝一日能找到我们，可惜并没有。想来这些年，你母亲应该每时每刻都在牵挂着你吧。”

“她叫什么名字？”颜容第一反应就是问母亲的名字，不管天涯海角，她都要找到自己的母亲。

“陈静秋。”

寻觅

颜容恨不得马上就去找自己的母亲，可是眼前颜正需要照顾，远在法国的小蓦越和蓦然都在期盼着自己回去，分身乏术。沉默许久，颜容问道：“爸，我妈她那个村子在哪儿？具体叫什么？”

“湖南省安华县云起村八组。多年后我也曾回过那里，试图去打听你母亲的下落，但好像她已经举家搬离了那个村子。”

颜容听后，心想寻找母亲这事儿，恐怕得从长计议。只能祈祷她老人家身体健康，有朝一日找到了，能多些时日陪陪她。

颜正看颜容的情绪没有过于激动，心里的一块石头总算落了地。

“铃——”家里的电话响了。

今天是正月初八，这是有客要上门了？

颜正直起身子，正要起身去接电话。

“爸，您坐着，好好歇着，我去接。”

颜容走到书桌前，拿起电话，轻柔地“喂”了一声。

电话那头竟然没有声音。“喂——”颜容拉长语调再打了声招呼，又等了等那边的回复。

还是没有声音。颜容便把电话挂了。

刚回到椅子上坐下，电话又再一次响了起来。

颜容再把电话接起来："喂，哪位？"

"是颜容吗？真的是你呀！我是丝蓓！"李丝蓓在电话那头兴奋地尖叫着。

颜容一时不知如何应对。

"好久没有联系了呀！这两年都没有你的消息，你还好吗？"李丝蓓尽量把声音表现得很亲切。一旁，寻露玫一边竖起耳朵听着，一边不出声地打着唇语指导李丝蓓应该说着什么。

颜容心想李丝蓓可能至今也不知道到底为什么两年前自己不辞而别，之后又杳无音讯了吧。突然有些内疚起来。于是，她便决定从此刻起完全放下之前发生的一切，和丝蓓还是像从前一样要好。

"我很好，确实好久不见！你怎么样？"

"我也很好啊！就是有些牵挂你呢！"李丝蓓一看颜容完全没有防备，可以和寻露玫一步一步地开始计划了。她欣喜若狂，但还是极力克制了激动的语气。

"我记得之前你说过回欧洲了呢。我好不容易打听到了颜叔叔家的电话，想着春节期间你没准回来看他呢，就冒昧地试着打了过来，没想到是你接的，我刚开始听一个女声，还不敢相信是你，以为打错了呢。"李丝蓓说完这些，寻露玫给她竖了个大拇指。

"是啊，我回来看看我爸。"

"你爸身体还好吧？"

"还行吧，有些小恙。"

"啊？我明天正要去深圳参加一个朋友的婚礼，正好这几天去看看叔叔吧？也和你见个面！"李丝蓓灵光一现，顺着杆儿就往上爬。

颜容也找不到拒绝的理由，就回复了一句："欢迎你来。"

"行，那过几天见！"

挂了电话，李丝蓓和寻露玫高兴得抱在一起。终于找到颜容了！

颜容根本顾不上李丝蓓要来的事。挂了电话，她只和颜正说李丝蓓过几天要来看看，就又盯着墙上那幅母亲的自画像出神了。

颜正知道颜容此刻的心情。就让她好好看看自己的母亲吧，以解思念之苦。

颜正轻轻地起身回房间休息，他走得很慢，生怕打扰了颜容。

颜容凝神良久，全然没有注意到颜正已经自己回屋了。

画上的母亲，多么柔情的一双大眼睛，满是慈爱和忧伤的眼神……

颜容忍不住泪流满面，不能自已。她只觉得心生生地疼，一手揪着胸前的衣服，一手扶着书桌的边，抽泣起来。

颜正在房间里听到颜容的哭声，深深地叹了口气。他知道这一天来临的时候，容儿一定是要伤心欲绝的，可这一切只能她自己去面对。颜正没有去打扰她，就让她好好地痛哭一场吧。哭出来，这么多年心里的郁结才能释放一些。

"妈妈，我一定要找到您……"满脸是泪的颜容望着画像，喃喃地说。

情和义

颜容哭了好一会儿，才意识到颜正已经回房休息了。

知道了自己的身世，颜容对父亲的畏惧感和距离感瞬间消失了，剩下的只有感激。她完全理解了颜正为什么从小就不和自己相处得过于亲密，特别是自己进入青春期之后，还保持了更远的距离，除了喜欢跟她讨论学术，几乎再不问其他。

颜正其实是一个很享受单身的男人，身边也不乏女人，但他从未考虑过要建立一个家庭，他认为乏味的家庭生活必然会消磨他的创作灵感。颜容的存在，恰好也为他不婚找了一个很好的理由。在外人看来，颜正对“前妻”和“女儿”的感情是至深至切的。他不再娶，都是为了“女儿”。

颜正是器重陈静秋的。他知道，一个农村女人没有经过任何专业的培训，能画出那样好的画，需要很高的天赋和悟性。这也是为什么颜正一直把陈静秋的画挂在书桌正对着的墙上，他是为了时时刻刻让自己铭记，陈静秋在那个大雨倾盆的晚上，把一个鲜活的生命托付给自己，他必须对得起这个重托，让这个小生命从死亡线上逃出来之后能摆脱愚昧和贫穷的迫害，有一个美好的未来。

随着颜容慢慢长大，颜正很惊喜，种种迹象表明这个小女孩继承了母亲的天赋。而他最应该做的，就是竭尽所能地培养这棵好苗子，有朝一日她们母女团聚时，作为母亲的陈静秋能得到莫大的欣慰，也不枉她空有着极高的天赋却备受命运的捉弄，一辈子忍受骨肉分离的煎熬。

颜容觉得必须得多留些时日照顾好颜正，确保他身体无恙之后再回法国。至于小蓦越和蓦然，纵然自己千般不舍，也只能尽量多视频通话了。蓦然那边，应该会理解自己的难处吧。

颜容琢磨着要给父亲找个心血管方面的知名专家看看，可自己多年不在国内，也不了解医院挂号流程。想来想去，她决定给李丝蓓打个电话。

李丝蓓看到颜容打来电话，赶紧接了起来：“喂，容，怎么了？”

“还没睡吧？我是想问问你，我想给我爸挂个知名专家号怎么挂？多年不在国内都不知道现在医院的情况了，真不好意思。”

李丝蓓想，看来颜正病情还比较紧急，要不然颜容也不会大晚上的就急着把电话打回来了。看着颜容家里这个情况，她突然有些不忍了，毕竟这么多年的发小……

“打电话、网上，或者下载医院的 APP 都能挂。”

“是吗？这么方便？那我自己先查下，有什么需要再问你。谢谢！”

“咱俩客气什么。有什么事尽管说，过两天我就去看你们。”

第二天，李丝蓓把颜容家的情况跟寻露玫说了。寻露玫一看李丝蓓有些打退堂鼓的意思，不乐意了。

“丝蓓！你拎不拎得清啊？！你念多年的发小情谊也得看对象吧？她跟你们家卡卡纠缠不清的时候，她怎么不念着你们多年的发小情谊啊？！”自从寻露玫知道自己的情敌就是李丝蓓的发小后，已经自作主张地帮李丝蓓认定了赵卡卡和颜容之间一定是有什么。

李丝蓓眉头紧锁。这些日子她和赵卡卡在一起的时候总是不在状态。寻露玫这么一说，她刚下去的怒火又扬起来一些。

“丝蓓，这样的女人不给她点教训，再做出点更过分的事情来，你忍得了一时，忍得了一世吗？”寻露玫不遗余力地煽风点火。

李丝蓓越听越难受，对于赵卡卡和颜容，她确实生气，可是她想要的是颜容的解释和道歉，真要去这么算计颜容，自己做得出来吗？

要是方昀在这儿就好了，方昀看人看得准，该怎么做，能给个好建议。

同一个人？

露玫酒吧。

三个人好些时日没有聚到一起了。

看到方昀板着个脸自顾自地喝闷酒，李丝蓓都不好意思问她那个问题了。

“丝蓓准备去趟深圳。”寻露玫先发话了。

“干吗去呀？”方昀随口回了一句。

“去见我的发小。”

“哦，去呗！好好玩。”

“丝蓓是去抓小三的。”果然，寻露玫挑事儿。

李丝蓓有些不悦她说得那么直白，但又不好怪她。

“是吗？！”方昀稍有些惊讶。

李丝蓓点了点头。

“我早就说了，你整完容赵卡卡该出轨还得出轨。你最近发现的？”

“前一阵儿发现的，是我整容前。”

“那么久以前的事了，你还管他干吗？”方昀面无表情地继续喝着酒，突然好像又想起点什么，“等会儿，你要抓的小三是你发小？！”

“可不是！”寻露玫继续煽风点火。

“这的确是有点狗血。你确定吗？”

“千真万确！”李丝蓓正要说不能百分之百确定，想跟方昀重道事情原委。没等她开口，寻露玫就赶紧接茬儿了。

“那现在还联系吗？”

“谁知道啊？”寻露玫又说。

“不是，我说寻大美人，丝蓓的事儿你怎么比她还门儿清啊？！还学会抢答了！”方昀觉得寻露玫过于激进的态度有些猫腻。

寻露玫干咳了一声，晃了晃头，把眼光瞟到别处。

李丝蓓会意地说：“这个女人也是露玫的情敌。”

“什么？！我说你俩怎么这么同仇敌忾呢！”方昀意味深长地说。

“这女人什么来路啊？这么厉害？”方昀按捺不住好奇心，“有照片吗？赶紧给我看看！”

“旅欧画家，挺美、挺有才华的。”李丝蓓一边说着一边低头找手机里的照片。

“对……才华横溢又美得不可方物！”寻露玫在一旁怪腔怪调地附和着。

“看，这就她。”李丝蓓找到了照片。

方昀赶紧把头探过来……

傻眼了！怎么会是她！！这张脸，和平安夜那天在西单大悦城门口白宇抱着的那个女人一模一样！方昀最近一直都闷闷不乐的，就是因为这个女人！

方昀把这事告诉李丝蓓和寻露玫的时候，她俩都不敢相信。回过神之后，这三个人又详详细细地把各自与这个女人的过结说了一遍，叽叽喳喳地说了一个多小时。

“我说丝蓓！你这发小是什么人？！北京这么大，怎么会这么巧咱们仨的情敌都是同一个人？这也太不科学了！”方昀猛灌一口酒之后大声发泄。

李丝蓓一言不发地咬着嘴唇，她还是不愿意相信自己从小到大都想变成的那个人，会这么不堪。

方昀问她：“丝蓓，她是你的发小，以你对她的了解，你相信她是这样的人吗？”

李丝蓓想了很久，摇了摇头。

“你……你这点出息！”寻露玫真是恨铁不成钢。

方昀点了点头，又想了想，郑重地说：“行，丝蓓，我相信你。本来我对白宇变心这事儿还有些耿耿于怀，但今天了解到他喜欢的女人是这种情况，反倒看开了。如果确认仅仅是感情的问题，我就不想纠缠了。对我来说，一个男人不爱我而选了别的女人，是他自己的损失，我不会去做什么拉低我身份的事。我当然也不会故作慷慨地去祝福他们，我没那么傻，更没那么假。人生本来就不能事事顺心，要多把心思放在值得你注意的人和事上。”

李丝蓓觉得方昀真是大气，什么事情都能拿得起放得下，永远都这么潇洒！

寻露玫脸都气绿了，方昀的家庭背景和成长经历都跟自己不一样，她无法理解事情都这样了方昀还可以不计较，说放下就放下，仿佛只是拍拍身上的尘土那么简单。她才不会像方昀那么大度！她也不会像李丝蓓那样有去效仿方昀的想法和做法，抢男人这件事，自己从小到大都没有输过，这口气是咽不下去了！今天就什么都不说了，事后她一定会想方设法再把李丝蓓拉拢过来，周密地安排好计划，一切从长计议。

亲自验证

李丝蓓觉得蹊跷，寻露玫是在法国遇到颜容的，既然颜容一直在法国，又怎么会跟白宇认识？听方昀描写的场面，平安夜白宇是在跟颜容求婚？！寻露玫不是说两年前见到颜容的时候她就怀孕了吗？既然她已经组建了家庭，又怎么可能接受白宇的求婚呢？这里边一定有什么误会吧？看来还是得赶紧去趟深圳，只有亲自见到颜容，当面问她，这些谜团才能解开。

李丝蓓又拨通了颜容的电话：“容，颜叔叔的病看完了吗？”

“挂上号了，还没去呢。”

“明天我就去深圳了，等我去看你们。”

“好的。”颜容觉得很暖心。丝蓓到底是多年的发小，情深义重。

“那行，你别着急，见面再聊。”

李丝蓓挂完电话就订好了第二天去深圳的机票，接着就开始收拾衣物。

赵卡卡走进房间，问她：“你要出门？什么事这么着急？”

李丝蓓一直没告诉赵卡卡她是去看颜容的，她心里还是有顾忌的，生怕赵卡卡重燃对颜容的激情。

“深圳有个多年未见的亲戚嫁女儿，我得赶过去参加婚礼。”

“什么好日子呀？也不提前通知一下？说走就走？”

“人家本来没通知我，这不是离这么远也不想麻烦我嘛。当时咱俩结婚在我老家办婚礼的时候他们可是去了的，我不能欠这么大的人情。”

“哦。我不用去吗？”末了，赵卡卡说出这么一句自己都不敢相信的话，没过脑子。

李丝蓓笑了：“你有这份心就够啦，你哪有时间！我一个人去就行。”

“那行，你注意安全。”

“嗯！”

第二天，李丝蓓到了深圳，颜容虽然没有去机场，但还是在小区门口迎接了丝蓓。刚开始她并不敢认整容后的丝蓓，但是李丝蓓的声音和肢体语言，她还是熟悉的，李丝蓓在她面前倒是坦然，说：“就是我，整容啦！别不敢认，哈哈！”

好长时间不见，两个人还是很自然地紧紧拥抱了一下。走在回家的路上两个人就开始热聊。

“从我家走了之后，你去欧洲待了两年多？”

“是呢。这个春节才回来看看我爸。”

“在那边怎么样啊？”李丝蓓虽然从寻露玫那边知道了颜容的情况，但还是想从颜容的嘴里亲自验证一下。

“还好。”

“还好？说详细点儿！跟我还这么藏着掖着？”

“哈哈！哪有！”颜容就是有些不好意思，“我在法国遇到了一位酒庄庄主，现在我们已经有个半岁多的儿子了。”

“你真行！这你都不告诉我！我说这两年你怎么没消息了，原来是太幸福怕被人打搅啊！一会儿赶紧跟我详细说说！”李丝蓓想，还好，跟寻露玫说的情况一样。

两个人进了屋，颜正热情地招待李丝蓓。

“丝蓓啊，这是多少年没见了，叔叔老了，都认不出来你了！”颜正看到李丝蓓很高兴。

“是呀！好多年了！颜叔叔还和当年一样精神！”

“老了老了，不中用啦！”

“听颜容说您心脏不好，她常年不在国内，有什么需要帮忙的，您尽管找我！”

“哎呀，你们年轻人工作那么忙，还要替我这个老头操心，真是过意不去啊！”

“您可别这么说，帮忙是应该的！”

“谢谢啦！别费心！喝点茶，吃点水果，你们姐俩好好聊吧！”

李丝蓓仿佛又找到了小时候去颜容家里串门儿的感觉，她发自内心地高兴。

“容，快跟我说说你的罗曼史啊！”

颜容无奈地笑了一下，说：“说起来，还要谢谢你呢！我认识他是在那年春节去北京看你，从国外飞回来的飞机上……”

颜容把整个和蓦然相识、相知、相恋的过程，都详详细细地给李丝蓓描述了一遍。由于整个故事太多浪漫的情节，李丝蓓屡屡听得心驰神往，看到颜容和蓦然以及小蓦越的照片，她隔着屏幕都能感受到那种浓浓的幸福感。李丝蓓觉得，颜容的人生经历堪称完美典范。

两人不知不觉聊了将近两个小时，之前那种亲密无间的感觉似乎又重拾了。

末了，颜容问："光说我了，你怎么样？"

李丝蓓像是想起点什么，说："我不还是老样子。父母虽然老了，但身体还行。"

颜容犹豫了一下，还是问了出来："那你们俩……"她本想关心一下李丝蓓和赵卡卡是否有孩子。

李丝蓓面色一紧，她尽量控制自己不要多想，颜容问赵卡卡的情况也太正常不过了，没啥别的意思，就若无其事地说道："老样子，老夫老妻了，哪有你们这么浪漫！"

"哦。"颜容还是想起了赵卡卡梦游的那个晚上发生的事情，眉头微微一蹙，眼睛木木地盯着地板，不自觉地咬了咬嘴唇。虽然她根本不想再强化过去不好的记忆，但有时候伤痛还是会不合时宜地冒出来。

李丝蓓把这一切都看在眼里，不淡定了。她知道颜容从小就这样，一有难受的事儿，她就会咬嘴唇。第六感告诉她，颜容和赵卡卡一定有事瞒着自己。

李丝蓓顿时觉得焦虑和紧张起来。

两个人都不说话，气氛有些怪怪的。

"都怪我的肚子不争气，到现在还没有孩子，不像你们三口之家那么幸福！"李丝蓓为了打破尴尬的气氛，自嘲道。她也想借此看看颜容是不是还在意着赵卡卡。

可李丝蓓哪里知道，颜容怎么会喜欢赵卡卡呢？她自己绝对没有要从李丝蓓身边抢赵卡卡的意愿！只不过，这一切都难以跟李丝蓓解释。

“别这么说，丝蓓。我也不是那么幸福，到现在，蓦然也没有向我求婚呢。”颜容安慰李丝蓓。

“什么？!”李丝蓓虽然没说出来，心想这外国人还真是不靠谱，她马上又想起来方昀说白宇求婚的事了。难道颜容真的脚踩两条船？这边没求婚，就接受那边的求婚了？

李丝蓓想着得怎么验证一下，就赶紧转移话题：“国外都过圣诞节吧？年前圣诞节你们怎么过的？”

“来！给你看照片！”颜容很高兴尴尬的气氛过去了，打开电脑，让李丝蓓看照片。

李丝蓓看到颜容的照片上显示的确实是圣诞节的日期。可以确认，平安夜的时候颜容是在法国，那么方昀看到的那个女人就肯定不是她了。李丝蓓松了一口气。可方昀那么笃定，难道有人和颜容长得一模一样？从小也没听颜容说有双胞胎姐妹啊。

“容，我记得你没有兄弟姐妹吧？”李丝蓓还是犹疑地问了一句。

没想到，说完这句话，颜容的眼帘又垂下来了。她又想起了自己的身世，按爸爸告诉自己的一切，她应该还有个双胞胎妹妹。

“容，你怎么了？”李丝蓓轻声地问，她觉得颜容有些不对劲。

“没什么。”颜容噙着泪，又咬起了嘴唇……

恩恩怨怨

看到颜容脸上痛苦的表情，凭着对颜容这么多年的了解，李丝蓓觉得她一定有难言之隐。

她轻轻扶着颜容的肩，问道：“你怎么了？有什么难过的事吗？说出来会好受些，也许我能帮你分担一下。”

颜容感激地看着李丝蓓，她还是如小时候一般善解人意。

犹豫了一下，颜容还是把自己的身世告诉了李丝蓓。

李丝蓓认真地听颜容说完。今天和颜容谈话的内容，前半部分都是李丝蓓知道原本是怎么回事儿来验证一下的，但后半部分颜容的身世，着实让李丝蓓十分惊讶，也很心疼。这么多年来，李丝蓓觉得颜容是带着光环长大的，聪明、美丽、有天赋、有才华，完全是人生赢家，是自己一直向往着要成为的人。可今天，李丝蓓生平第一次对颜容产生了怜悯，对她的不幸感到惋惜和同情。

这么说，颜容还真有一个双胞胎妹妹，那很有可能就是方昀看到的那个女孩。李丝蓓心里思量着，要不要把这个信息告诉颜容呢？帮了颜容，就要得罪寻露玫和方昀；向着寻露玫和方昀，就要眼看着颜容与家人分离、伤心欲绝……怎么办？李丝蓓思前想后，左右为难。平日里碰到难题，还有寻露玫和方昀给自己出出主意，可现在她俩也是当事人，这可如何是好！

每次说到自己的身世，颜容都会沉浸在对母亲的无限思念之中，何况，还有一个从未谋面的胞妹，这种痛苦一旦陷入就难以抽身。所以，她并没有注意到李丝蓓此时的面露难色。

反倒是李丝蓓，看着魂不守舍的颜容，面色苍白，眼角的泪痕都干不了，再加上现在颜正的身体状况又这么差，更甚者，颜容与自己的爱人和几个月大的孩子正在承受分离之苦……她实在不忍心看下去了，就跟颜容说道：“容，你别太难过了，天无绝人之路，巧不巧，我可能真的有你家人的讯息……”

“真的？！”李丝蓓话刚出口，颜容就像抓住了救命稻草一般，瞪大了眼睛看着她。

“你别着急，听我慢慢说。我有一个朋友，无意中看到过咱俩的合照，她说她认识你，可是名字又对不上。所以，我怀疑她有可能认识的是你妹妹。但我跟这个朋友又不是很熟，不能马上联系到她，所以要过几天。”李丝蓓考虑到方昀的感受，说的时候还是有所保留。

“哦……”颜容将信将疑。

李丝蓓继续说：“我先陪你把颜叔叔的病看好，那个朋友我这两天就试着联系，过一阵也许就有好消息了呢。放心吧，事情都会解决的，别难过。”

颜容点点头，感激地看着李丝蓓，姐妹俩又亲密地拉了拉手，和小时候一样。

李丝蓓脑子里暂时放下了颜容和赵卡卡到底会有什么隐情这件事，嗯，不着急，日后总会知道的。

两只友谊的小船

这天，颜容和李丝蓓陪着老爷子看完病回来，专家说暂时没有大碍，家里备一些救急的药，平时多注意就行了。颜容心里终于放下了一块大石头，为了对李丝蓓跑前跑后表示感激，晚上就请李丝蓓到一家高档西餐厅吃饭。

此时，北京的露玫酒吧，女老板正在想念李丝蓓。

寻露玫对李丝蓓临阵倒戈很是不满，可毕竟人家是多年发小，而且李丝蓓这个人本来就心软，动摇恐怕也是早晚的事。算了，复仇计划，还得靠自己！不过话说回来，李丝蓓的作用还是不可忽视的，没有她中间搭桥，恐怕自己连颜容在哪儿都不知道。

想到这儿，寻露玫给李丝蓓发了条微信，表达一下关心：“丝蓓，在深圳一切顺利吗？”

“挺顺利的，我过几天回去。”李丝蓓放下刀叉，马上回复寻露玫。

“我想了很久，是我忌妒心太强，你发小又不算插足我和蓦然，我不应该那么记恨她的。”寻露玫以退为进。

李丝蓓松了一口气，她想这下露玫和颜容都不会得罪了，满心欢喜地回复道：“嗯嗯，很高兴你能这么想呢！”

李丝蓓一高兴，就对颜容多说了几句：“对了，我有个大学同学，还真见过你。”

“是吗？谁呀？”颜容颇为好奇。

“她是一个女老板，在北京经营一家酒吧，挺小资的一个人，也挺漂亮。”

“我不记得我认识什么女老板啊……”

“她其实是先认识你爱人，她还去过法国的酒庄见过你们呢。她是你们家蓦然的中国客户。”

“哦——想起来了！是有这么一个人，她还在酒庄里住过呢！那会儿我刚怀孕不久。她居然是你大学同学？！世界真是太小了！”颜容觉得不可思议，又有些奇怪，就问道，“你是什么时候知道她认识我的？”

李丝蓓早就想好这个问题的答案了，滴水不漏地回答：“就在昨天晚上呀！我跟这个同学大学一个宿舍的，关系特好，我有事儿没事儿就去她的酒吧玩儿。昨天她问我好几天没见干吗去了，我说我来深圳见一个发小，就把咱俩昨天的自拍合照发给她了，结果她说她两年前去法国酒庄考察的时候见过你，还说你是酒庄的美女主人呢！”

看李丝蓓说得眉飞色舞，颜容有些无奈，心想这个丝蓓还真是有些八卦，一说起帅哥美女就浑身起劲儿，老毛病了，改不了。她也没说啥，就陪着笑了笑。

“没想到这么巧！我的发小和我的大学同学还相互认识！这多好啊！以后我可要跟她一起去法国酒庄找你玩！”李丝蓓越说越兴奋。

“行啊，欢迎你们！”颜容除了表示欢迎也没有其他可说的。

李丝蓓忘乎所以地大声说话，跟西餐厅里静谧的环境格格不入。颜容看李丝蓓一说起能去法国玩，高兴得像个小女孩，怕扫了她的兴，便没有示意她让她小声点，就这么微笑地看着她。李丝蓓虽然样子变了，但此刻的言谈举止，俨然还是小时候的那个她。

前菜、汤、主菜、甜点、红酒、咖啡，李丝蓓把每一道餐品都吃完了，很满足。

“哎呀，跟着国外回来的酒庄贵妇混就是不一样，太赞啦！”李丝蓓发自内心的高兴。

颜容也很欣慰。既然今天就是为感谢李丝蓓帮忙，何不让她更高兴一些呢？看到餐厅的光线、布景都不错，颜容大方地说：“丝蓓，把手机给我，我给你拍张特写。”

“太好啦！”李丝蓓觉得今天晚上简直太美了。

调好光线和角度，颜容果断地按下了快门。

“你看看。”颜容轻描淡写的语气中透露出艺术家对自己作品的绝对自信。

“哇——绝了！”李丝蓓使劲点点头竖起大拇指，说，“我马上要把它换成我的微信头像！”

颜容依旧自信而优雅地微笑着。

寻露玫正想着在微信上再跟李丝蓓说点啥，看到她刚刚换了新头像，不用猜也知道这是大画家给她拍的，看来她们正聊得火热。

“就你俩关系好！”寻露玫把手机一扔，照顾生意去了。

如此这般

赵卡卡奇怪媳妇儿怎么去深圳几天都不理自己，就准备发个微信过去问问。一看，李丝蓓居然换了一张这么美艳的头像？！背景看起来还是个挺高档的地方！媳妇儿到底干什么去了！

赵卡卡拨过去一个视频聊天。

李丝蓓慌乱之中挂掉了。她第一反应还是害怕赵卡卡知道颜容的消息。

居然挂掉了！一定有猫腻！赵卡卡生气了，他执拗地持续按着视频聊天。

李丝蓓只好接了。

“喂？”

“你这是在哪儿呢？”

“吃饭呢。”

“跟谁啊，男的女的？”

颜容一听就猜到是赵卡卡发过来的视频，唯恐避之不及，便示意李丝蓓自己要去趟洗手间。

李丝蓓点点头。对着镜头里的赵卡卡说：“我一个人。”

“骗谁呢？！你那头像谁给你拍的？快点儿把镜头转过去！”赵卡卡不依不饶地让李丝蓓把镜头转过去对着桌子对面的人。

李丝蓓只好照办了。

看到位置空着，赵卡卡觉得更蹊跷了。

“你到底跟谁吃饭呢！”赵卡卡怒了！

李丝蓓实在编不出理由，只好告诉他是跟颜容一起吃饭。

赵卡卡突然安静了。他和李丝蓓都沉默地傻看着对方。赵卡卡了解李丝蓓，她是个安分守己的好妻子。真的是去见颜容的？这倒也说得过去。毕竟之前发生的事情，媳妇儿心里肯定有疙瘩。赵卡卡觉得有些内疚，就迅速地结束了谈话。

过了好久，颜容才回来。看来她是在有意避开赵卡卡与丝蓓的谈话。

看着赵卡卡和颜容这么明显地相互避让，李丝蓓没沉住气，劈头就冲颜容喊道：“你跟我们家赵卡卡到底有什么事情瞒着我？！”

这冷不丁的一句话让颜容怔住了。颜容之前不想再联系李丝蓓，就是怕把事情闹僵，时间过去这么久，本以为事情可以被时间冲淡和遗忘，没想到，在这种场合下爆发了。

生活就是这么戏剧性，上一秒还姐妹情深，一个电话后就“反目成仇”了。

颜容真不知从何说起。她不知道赵卡卡和李丝蓓说了什么，就算她把事情的真相都告诉李丝蓓，她会相信吗？不管她说什么，李丝蓓一定会怪自己抢了她老公。这就是她为什么事情刚发生的时候就觉得自己离开才是最好的选择。

颜容什么都没有说，只是痛苦地咬着嘴唇。此刻她已经意识到，李丝蓓这次来深圳，给自己帮忙只是一个借口，实际上是来查探虚实的。可这几天，自己该说的都说了，李丝蓓实在要怎么着，也只能随她去了。

如此这般，是默认了？李丝蓓自己给了自己一个答案。她很痛心，老公喜欢自己的发小，极其讽刺的剧情就这样发生了。不过一年前她发现赵卡卡喜欢颜容的时候，就痛苦过，挣扎过了，虽然最后选择了相信他俩之间只是赵卡卡一厢情愿的暗恋，但今天看来，并不是这样的。

李丝蓓突然想起和寻露玫的复仇计划，从长计议，从长计议……她在心里反复默念这四个字，告诉自己此刻千万要冷静，她得回去和寻露玫再商量商量。

李丝蓓找了个台阶下："对不起，我失礼了。其实你走了以后赵卡卡都跟我交代了，不就是他暗恋你吗？刚开始我很难过，但后来原谅他了。我想了很久，其实你没什么错，说实话我只是忌妒你，而且老是控制不住自己疑神疑鬼。刚才其实是赵卡卡惹到我了，你别见怪。"

颜容垂着眼帘，并没有看李丝蓓，只是淡淡地说了一句："没事。"颜容很了解女人的第六感，忌妒心，情绪化，此刻她不想解释更不想纠缠。她默默地想，也许该回法国了。

挂了视频聊天，赵卡卡知道了颜容回国的消息，心里久久不能平静。趁着李丝蓓不在家，他又翻箱倒柜找出了颜容留下的两幅画，仔细品读。虽然事情已经过去了很久，但他对颜容的痴迷还是瞬间就被勾起来了。

第二天，李丝蓓就返回了北京，颜容也订好了去法国的机票。

滴水不漏

这次，颜容并没有不辞而别。不管怎样，李丝蓓专程来深圳陪颜正看病，有这份情，就不容易。颜容想，自己和赵卡卡之间的事，最好的办法就是忘记，不能再去纠缠去责怪任何人。给她点时间，李丝蓓会想明白的。颜容订好去法国的机票后，直接把行程信息发给了李丝蓓，还跟她说，如果到法国玩，一定来找我。

李丝蓓回到北京后，对自己这种摇摆不定、翻来覆去的态度很是恼火，可又无法控制。这次她居然向颜容发火了，可颜容不但没有怪她，反而大方地邀请她去法国找她玩。李丝蓓想恨颜容，又恨不起来；想原谅她，又不能完全放下颜容和赵卡卡之间到底有什么猫腻。这些东西在她脑子里反复纠缠，已经连着失眠好几天了。

赵卡卡注意到李丝蓓从深圳回来有些不对劲，但又不好打听，他生怕自己一问点什么，就会加深李丝蓓对他和颜容的误会。这几天他都尽量少和李丝蓓说话，不敢越雷池半步。

李丝蓓实在熬不住了，就去找寻露玫求助。

只要是涉及颜容的事，寻露玫立马能放下手中所有的活儿，精神百倍、饶有兴致地听李丝蓓说。但这次，她很小心，知道得先稳住李丝蓓，才能顺利实现自己的计划。

这天晚上，在露玫酒吧，寻露玫认真地听李丝蓓讲深圳之行的每一个细节，当得知李丝蓓已经知道了颜容回法国的返程信息后，嗅觉灵敏的寻露玫觉得这是个绝好的机会。

“既然颜容还是把你当作她最好的发小，你又何必再纠结于那些根本确认不了的事情呢？你看我都想通了，我和颜容在互相不知道对方存在的情况下公平竞争，蓦然选了她没选我，也不是她插足，我愿赌服输。以前是我的忌妒心太强，如果非要说颜容有什么错的话，那就只能怪她太完美。”

李丝蓓感激地看着寻露玫，很是赞同地点点头，眼里还闪着泪光。

寻露玫看丝蓓如此表现，觉得可以继续进行下一步了。忍了一晚上的她，大胆地建议：“不如咱俩也坐这趟航班跟她去法国玩一趟，过去的恩恩怨怨都一笔勾销，咱俩谁也不再提！”

李丝蓓眼神亮了起来，还有些没太准备好，明明心里向往着，嘴上却又不太爽快地挤出两个字：“行吗？”

寻露玫太了解李丝蓓，就再推她一把：“行啊！咱俩年前不都把去法国的签证办好了，随时都可以走啊！”

“颜容的航班是后天的，咱俩来得及吗？”

“明天的也来得及！”

“那我怎么跟卡卡说？”

“不用跟他请示，我给你掏机票钱！”

“真的啊？你太好了，露玫！”李丝蓓激动地一把搂住寻露玫。

寻露玫也紧紧抱了一会儿李丝蓓，看她还没有松开的意思，就说：“好啦！瞧你这点儿出息！”

“那还叫上方昀吗？”李丝蓓又问道。

“哎哟我的姑奶奶，你可别再多事啦！方昀为什么要跟我们一起去？她这成天满世界转的，哪儿没去过！而且还是去跟她的情敌一块儿玩，她能愿意吗？！再说了，你这一时半会儿怎么跟方昀解释得清楚颜容并不是白宇求婚的那个女孩儿？”

“哦！”李丝蓓觉得寻露玫分析得太有道理了。

“好啦，机票我就帮你订啦！你呀，今天赶紧回家早点休息，好好补补觉，睡前记得把护照号发给我就行。”

“嗯！”李丝蓓乖乖地回去了。

不辞而别？

李丝蓓本想给颜容发消息，告诉她自己也买了同一趟航班的机票，但寻露玫说，不如给她一个惊喜，先别告诉她。其实，寻露玫是怕颜容知道她俩也要一同前去会改变行程。

出发前一天，颜容和蓦然视频通话的时候详细告知了他落地的时间。

“容，你终于要回来了！你一定无法想象这些天我有多么想你。还有可怜的小蓦越，你不在身边他一直哭。”蓦然对颜容甚是思念。

“亲爱的，是我不好，我这就回去了。明天就能见面了。”

“我去巴黎接你。”

“不必了，你在波尔多等我就行。”

“不，我要在第一时间见到你。如果你再不回来，我就要带着儿子再去中国找你了。”

“好的，那明天戴高乐机场见，再见。”

“再见。”

想到明天要见到蓦然和儿子，颜容很高兴。颜正过来嘱咐她，路上注意安全，寻找母亲下落的事情得慢慢来。

在登机口，颜容看到了李丝蓓和寻露玫。李丝蓓跟她说原本打算早点告诉她，但是想给她一个惊喜。

颜容说很高兴她们去玩，只不过没能提前准备一下，怕招待不周。

寻露玫说她和李丝蓓都安排好了自己的吃住行，不用费心，就是大家同行更有乐趣一些。

气氛似乎难得的融洽。

碰巧，三人的位置离得很近，就跟别人换了一下，坐到了一起，整个旅程相谈甚欢。

飞机已经飞行了将近10个小时，快到目的地了，机上服务已经停止。寻露玫抓紧最后的机会上洗手间，稍微起身活动活动，准备去空乘那儿再拿些喝的，就顺便问李丝蓓和颜容需不需要添些饮品。李丝蓓说不必了，颜容点点头说“谢谢”。

寻露玫给颜容带回一杯美味的香槟。颜容很愉快地喝完了。

飞机一落地，颜容就困得不行，眼睛都睁不开了，刚下飞机脚就像踩在棉花上一样。于是，寻露玫扶她找个地方坐下，李丝蓓说让她先缓缓，自己正好要去一下洗手间。

等李丝蓓不紧不慢地从洗手间出来，却发现只有寻露玫一个人在这里。

“颜容呢？”

“你怎么去了那么久？蓦然刚把她接走啦！”

“他们先走了？不是说好一起玩吗？”

“嗨，反正咱不都安排好行程了嘛，看他俩见面的情形，就知道是饱受了相思之苦，咱俩就别当电灯泡啦！我看颜容又累又困，蓦然着急带她回去，再说咱俩来又没有提前通知人家，就说让他们先回去了，咱俩先在巴黎玩一玩，过几天再去波尔多找他们，反正我去过那儿，路熟着呢。”

“哦。”李丝蓓应了一声，心里有些嘀咕，这个重色轻友的颜容，见到蓦然来了都不等跟我打个招呼就走啦？！但人已经离开了，她只好悻悻地跟着寻露玫。

“好啦好啦！不是说好了开开心心的吗？！你也是，人家一家三口着急团聚也是可以理解的！我这个情敌都没有意见，你还嘟着嘴干吗？！”寻露玫看李丝蓓不高兴，赶紧哄哄她。

“咱俩现在可是在巴黎！抓紧时间体验啊！”寻露玫想尽办法转移李丝蓓的注意力。

李丝蓓想想也是，就笑着说了句“好吧”。只是寻露玫这态度转变的也太突然了，她有些不习惯，可也说不上来哪儿不对劲。

算了，来都来了，就玩得开心点吧！露玫见的世面多，有品位又有阅历，她怎么安排就怎么玩吧，我想那么多干吗！李丝蓓心里默默对自己说。

“我知道你是在可惜没见到蓦然本尊，对不对？不过也没事，过几天就带你去波尔多亲眼看看大酒庄、酒庄庄主、庄主夫人和少庄主啦！”寻露玫调皮地对李丝蓓眨着眼睛。

“我才没有你那么八卦呢！”李丝蓓“扑哧”一声笑了。

“哟！还不承认？那不带你玩了！”

“好吧，您是金主，您说是就是吧。”

“哈哈！这就对了！”

……

颜容如画

第七章

兰摧玉折

坠入深渊

那天在飞往巴黎的飞机上，快落地之前，寻露玫给颜容的那杯香槟里，是被下了药的。寻露玫当时的计划是想办法支开李丝蓓，等颜容彻底昏睡后就任她躺在一个不容易被人发现的地方，让蓦然接不到她，给她点苦头尝尝。

但寻露玫并没有料到，巴黎的安全指数有时候真的不像她预想的那么高。她原本以为，一个大活人，就是多睡会儿而已，还能出什么大乱子？可是，她的这一举动产生了“蝴蝶效应”，把颜容推向了万丈深渊。命运送给寻露玫的这个“意外收获”，远远超出了她的预见范围。

寻露玫就这样撇下颜容，把不明情况的李丝蓓带离了机场。昏迷的颜容靠在椅子上不省人事，手机一直在兜里振动。直到有一个带着礼帽的男人走过来，坐到她的身边，很自然地搂住她，把她的头依靠在自己的肩上，然后拎过她的行李箱，让她半坐在行李箱上，推着行李箱，搂着她，仿佛一对很亲密的恋人，迅速离开了机场。而此人，并不是蓦然！他竟是一个经验丰富的人贩子！

在机场打了无数个电话的蓦然一无所获。他找遍了机场所有能找的地方，也没有发现颜容的踪影。蓦然意识到大事不妙，确认与颜容失联后，就立刻报了警。后来，他便在机场监控录像里看到了上面描述的那一幕。

一个多月过去了，颜容还没有找到，蓦然已经处于崩溃的边缘。小蓦越就像和母亲有感应一样，每天夜里的哭声都让人撕心裂肺。

虚实之间

李丝蓓实在想不明白，为什么颜容又没消息了。寻露玫告诉她说，颜容的手机既然失联了，一定是她和蓦然不愿意让我们去打搅他们的二人世界。菲特庄园是寻露玫的伤心之地，要不是李丝蓓要去，她才不想再回去看呢。这下倒好，不去正好。

李丝蓓有些伤心，但想想也怪自己。在深圳颜容请她吃西餐的那个晚上，明明是自己无端冲颜容发火的。看来，虽然当时颜容没有动怒，但如此无礼的行为还是在她心中留下了伤痕。

无奈，只好跟着寻露玫转转埃菲尔铁塔、卢浮宫什么的就回北京吧。

“丝蓓，我记得你说过来巴黎一定要看画的对吧？”这天，寻露玫看到因为没能和颜容联系上而闷闷不乐的李丝蓓，打算给她点其他的惊喜，转移她的注意力。

“是呀，但是没有专家带咱俩欣赏了。”李丝蓓说完，垂下了眼帘。

“我带你去看真正印象派大师的巅峰之作，即使没有‘专家’带你，也能把你感动哭！”

“在哪儿呀？”

寻露玫先不告诉她，故意卖了个关子：“你先说出一个印象派画家的名字，证明你不是个假粉丝，对美术一无所知。”

“莫奈！”李丝蓓记得颜容最喜欢的便是莫奈的作品。

“对了！那你知道莫奈最出名的作品是什么吗？”

“好啦！别卖关子了！真是‘山中无老虎，猴子称大王’。要是颜容在这儿，还轮得到你奚落我？”

“哎呀，咱们学数学出身的女生不知道也是很正常的嘛！我就是逗逗你！好了好了，咱们要去的是橘园美术馆，那边的360度展厅有莫奈巨幅《睡莲》作品！”

“真的？太好了！”李丝蓓无比憧憬这趟艺术朝圣之旅，心情明媚许多。

当李丝蓓亲身站在橘园椭圆形的宽阔展厅里，亲眼看到高2米、总长近100米的8幅巨型睡莲油画时，她几乎被感动得落泪了。

橘园的一楼有前后两个展厅，进入第一个展厅就仿佛置身于睡莲池中，画面里的池水似乎正从四周向你涌来。李丝蓓颇感奇怪的是，画中的睡莲也没有什么具体的形状，但颜色变换却又能让你看出来满池的睡莲。这种色彩的变换如此之和谐，以至于看不出人工的痕迹。尤其是在展厅靠西面的墙壁上那幅暖色调的睡莲，虽没有画出夕阳，居然能让人在画面中感觉到夕阳的存在。

进入第二个展厅，寻露玫对李丝蓓说：“你看这睡莲池边还有柳树，这个视角仿佛咱俩就站在池边一样。这种感觉真奇妙！”

李丝蓓看着画面，朵朵睡莲漂浮水面，柳树枝条飘摇，树与云彩倒映水中，虚虚实实之间，恍惚中她仿佛正跟着颜容一起在这睡莲池边，边走边欣赏，颜容还时不时地给她指出哪儿的光影更美……

良久，李丝蓓回神一看，身边的人竟然是寻露玫。看着兴致勃勃的寻露玫，她心里却有一种说不上来的奇怪感觉。

凝视着眼前无尽的色彩，无边无际湖水的幻梦，不知怎的，丝蓓很容易走神牵挂起颜容。

容，你怎么又无缘无故地失联了呢？

寻求答案

寻露玫和李丝蓓回到了北京。这趟法国之行，让寻露玫气色好了不少，李丝蓓却有些闷闷不乐。

这天晚上，躺在床上，赵卡卡看媳妇儿有些不对劲，就对她说："浪漫之都跑一趟怎么还让你愁容满面？这不科学啊。"

李丝蓓无心跟赵卡卡耍嘴皮子，只管扭过头睡觉。

"脾气见长啊！难道是看多了法国帅哥，看腻了我？"

"少贫了，睡觉吧。"李丝蓓没啥兴致。

"怎么了，媳妇儿？"赵卡卡一看李丝蓓情绪不高，就立马转到暖男模式。

李丝蓓一直避讳跟赵卡卡提起颜容，这次去法国，她事先也没告诉他颜容在那儿，只是说跟寻露玫一起出国旅游。但赵卡卡难得的温柔对于李丝蓓来说还是颇为受用的，她马上对他敞开了心扉："卡卡，你知道吗？其实我这趟去法国本来是要找颜容，去见见她的另一半和孩子的……"

"是吗？之前没听你说啊？"赵卡卡有些惊讶，但他其实也知道，对于自己单恋颜容这事儿，媳妇儿心里一直有个疙瘩。既然今天丝蓓主动提起了颜容，这可是好事儿，赵卡卡便故意把语气放得比较平淡，希望借此机会能把媳妇儿心里那个疙瘩抹平。

"结果，下了飞机，我上趟厕所，她就不见了，此后手机就关机了，联系不上。"李丝蓓接着说。

"什么？"赵卡卡觉得这得算意外了，"那你们这不得赶紧报警，还有心思玩呢？！"

“是因为露玫说她男朋友把她接走了，我能说什么呢？就是有些奇怪颜容怎么那么着急走，连等我从厕所出来告个别都来不及。”李丝蓓嘟囔着。

“男朋友？寻露玫怎么会认识她男朋友？”赵卡卡一头雾水。

“长话短说吧，颜容她男友是酒庄庄主，寻露玫是酒庄的一个客户，之前她去那个酒庄考察过，还遇见了颜容，那会儿颜容刚怀孕。”

“还有这档事儿。怀孕？那是不是混血？”赵卡卡觉得信息量好大，故事还挺多。

“你看你看，被你越扯越远了。其他事儿我以后再跟你细说。你现在就帮我分析分析，颜容为啥又失联了？怎么又不理我了呢？”李丝蓓非要一个答案。

“这……女人心，海底针！我跟你在一起这么多年，你脑子里想啥我都不能百分之百搞清楚，她怎么想的，我怎么会知道呢？”赵卡卡准备和稀泥。

“她上次从咱家走，也是不辞而别，然后就失联了。”李丝蓓自顾自地说道。李丝蓓是这么想的，颜容两次都不辞而别，然后玩消失，第二次肯定是跟赵卡卡没关系的，那第一次也不一定和赵卡卡有关系吧？如果跟赵卡卡没关系，那肯定就是自己的原因。我到底是怎么惹到这样一位风一样来去自如、不留下一丝痕迹的美女画家了呢？

虽然颜容的两次失联都有些蹊跷，但李丝蓓之所以这么纠结，有一部分原因是因为她从小就把颜容视为“理想中的自己”，一直想和她保持在同一个频道上。和颜容越亲密，她就越觉得自己离理想状态越近、越开心。当然，李丝蓓是个心地善良的女人，她也确实担心颜容是不是安然无恙。

“哎呀，别想那么多了，蠢宝，快点睡觉吧！”赵卡卡才懒得想这些，只想赶紧睡觉。

李丝蓓乖乖转过身，闭上了眼。

钻戒

第二天起来，李丝蓓还是要给自己一个合理的解释。

她主动约上方昀和寻露玫在酒吧见面。

方昀知道，她们仨，李丝蓓一般不主动约局，只要是她主动约局，一定是有事情需要解决，得认真帮她分析出一个答案，要不然，散不了。

她想反正闲着也是闲着，就去当当救火队员吧。

没想到一开门，白宇堵在门口。

“你来这儿干吗？”

“电话不接，短信也不回，我只好上门了！”

一股酒气。

“有事儿说事儿，没事儿赶紧闪，别挡着我出门。”

白宇一步步把方昀堵回房间里。

“动不动就躲我！有本事你搬家啊！”白宇看来喝了不少酒，语气很强硬。

“你要干吗？！”

“不干什么！”

白宇一把抓住她的手腕，咄咄逼人地把头压下来：“圣诞节那天晚上不是你看到的那样！你怎么连个解释的机会都不给我？！”

“我不需要解释。”方昀很个性。

“这么大小姐脾气……你就是被我惯坏了。”白宇说着把额头贴在方昀的脑门上。

“我本来就是大小姐呀！惯也是我爸惯坏的！跟你有什么关系。”方昀把白宇的头推开，脸冲着一边儿，不屑一顾。

白宇虽然一直都放任方昀耍小性子，但今天他不准备这样干，他使劲握住方昀的手不让她离开。

“放开我……”方昀挣扎着。

“你现在是我手底下的签约艺人，老板的话你敢不听！”白宇决定今天要强势到底。

方昀居然咬了他一下。

无奈，白宇只好放开。他摇了摇头，闭上眼，深吸一口气，用力吐出来，睁开眼，凝视着方昀说：“本来我准备了很多次，设计了很多场景，但总是没有成功，今天我就豁出去了！”

说完，白宇从怀里掏出一个红丝绒的戒盒，打开一看，一颗硕大的钻戒，闪着光。然而，比钻戒更闪的，是他灼灼的眼神，仿佛映射出内心那一团熊熊的火焰。

“两年前我就计划向你求婚，当时亚美传媒刚起步，就买了个小的。现在，我觉得只有这个才能代表我的心意。”

方昀看着白宇诚心诚意，心里很是高兴。但她很调皮，不能这么快就原谅了这小子。

“那个小点的你给‘小’的了？”方昀狡黠地说。

“就知道你会这么问！”白宇不由分说地先把大钻戒套在方昀的左手无名指上，又掏出了原来买的那只小的钻戒，戴在她的中指上。

“哈哈哈！”方昀实在忍不住大笑起来，“有你这么买钻戒的吗？不是说‘钻石恒久远，一颗永流传’！这你都不知道！”

“谁说我不知道。都是给你买的，我愿意！信不信以后我把 1 克拉到 10 克拉的都给你买齐！”今天的白宇特别真诚可爱，居然还有些孩子气。

“是时间太久，你退不了了吧？”方昀本要继续开玩笑，却被白宇不由分说地紧紧抱住，拥吻起来。

硕大的钻石闪着动人的光芒，映着相爱的两个人。

万里之外，波尔多的酒庄里，蓦然也拿着10克拉的钻戒，却泪如雨下。他原本是打算在机场向颜容求婚的。可现在……颜容出事后的每个夜里，他都无法安然入睡，只要他一闭上眼睛，仿佛就看到颜容在遭受各种折磨，无数可怕的梦魇让他觉得自己也仿佛要被黑夜吞噬。只有看着这枚钻戒，那闪亮的光仿佛还代表着一缕希望。他多么希望此刻手里拿的是一颗魔戒，通过它能看到颜容在哪儿，是否安然无恙……

这些日子，蓦然承受着莫大的悲痛，除了积极配合警察的行动，他仍在想尽一切办法打探着各种渠道的消息，不放过一丝可能。时间拖得越长，颜容遭受危险的可能性就越大。所以，他在竭尽全力与时间赛跑。

“容！你再坚持一下！我发誓会尽快找到你……”蓦然闭上眼睛，把钻戒紧紧地握在手中。

意外之外

方昀是个很聪明的女人，而且这两年随着年龄和阅历的增长，她脱去之前一些小女孩的任性，变得越发成熟。刚才她已经对白宇旁敲侧击了一下，圣诞节那天晚上她看到的那个女人，是不是“小的”。白宇没有回应，也没有解释。

白宇是传媒公司的总裁，身边脸蛋漂亮、身材好的女人数都数不过来，以方昀对白宇的了解，如果关于他和某一个女人的事情都不值得解释，基本上可以断定是无足轻重了。于是，她觉得这事情可以翻篇了，不值得纠缠。

已经是晚上 9 点。李丝蓓和寻露玫还在酒吧等着自己呢。方昀看看眼前脸涨得通红的白宇，心想恐怕今天自己是要“重色轻友”一回。没办法，有得必有失，她迅速给李丝蓓发了个微信：“别等我了，有重要的事留言给我。”然后就去帮白宇煮醒酒汤了。

李丝蓓收到方昀的消息，失望极了。但是她也知道，方昀如果不是有实在走不开的事，是不会不赴约的。只好和寻露玫二人无聊地对饮。

寻露玫猜到李丝蓓今天很有可能是想找方昀讨论颜容的事，可她就不明白，一个大家都不想看见的女人消失了，这么一个天大的好消息，为什么还要去问一个“为什么”？！如果方昀来了，她还能知道李丝蓓到底又在纠结些啥，可是方昀没来，看样子，今晚她是不会说出自己的心事。寻露玫当然不会自找没趣，她很聪明地叫来了助理，对李丝蓓说：“别不开心了，找个帅哥陪你喝酒吧！”

李丝蓓有些惊讶，寻露玫今天怎么会这样，她知道自己这么多年来一直对赵卡卡不敢有半点不轨之举。

寻露玫早就看穿了李丝蓓的心思，没等她拒绝就说：“这是我的助理，张栩。你放心，他只负责给你倒酒，你不跟他说话，他绝对不会先开口。我有重要的客人，先失陪一下！”

李丝蓓看到张栩过来时都惊呆了，怎么会是自己的高中同学张栩？！他来露玫酒吧多久了，自己怎么全然无知？！算算自己整容已经快两年了，这两年她都没回老家，就是为避开老同学，不想让别人对自己整容的事说三道四。她偷瞄了一下，张栩毫无反应，应该是没有认出自己，谢天谢地！如果是这样，那么他至少是在我整容之后才来露玫酒吧工作的。

李丝蓓觉得浑身如被绳捆着一般僵硬，眼睛直直地盯着酒杯，拿起来抿一口，又放下，又想拿起来，因为不知道到底应该把手放在哪里。

再说张栩。从上回当着陈若雨的面和白宇起冲突之后，到现在已经快两年了，虽然他一直在和陈若雨联系，但若雨却还是对他爱搭不理，连她年前被公司派来北京工作一段时间，春节后又再回上海，都是过了好久才从别人那里打听到的。这让张栩实在有些心寒。可是，这么多年了，从大学开始到现在，他一直追求陈若雨，如果不继续追她，他真的不知道还可以找谁寄托自己的爱情。

在酒吧的工作倒是做得不错，寻老板是个精明的女人，跟自己年龄相仿，但两人公私分明，工作起来倒也愉快。只不过，他一直没有再见到若雨口中的那个“白总”。他曾经很想向寻露玫打听“白总”是哪位，但他也明白这基本上就是自讨没趣。可奇怪的是，老板肯定早就从保安那里听说了自己和这位“白总”为了一个玉麟酒业的女员工起争执，为什么没把自己炒了并且只字不提?

这正是寻露玫精明的地方。首先，寻露玫不会得罪赵向林，所以她自然不会去说赵董派过来的人有什么不对。虽然赵向林给了她一张陈若雨的名片，但自己却未曾与其谋面，如果这个陈若雨够聪明，是不会在自己老板面前说起这些事情的，相反，她应该会找一些合适的理由设法避开来自己的酒吧办事。而白宇又是方昀的男朋友，他俩之间的事，寻露玫倘若不明真相地添油加醋，这两个人她可都得罪不起。至于张栩，好在事情没闹大，他要是个聪明人，就会赶紧好好表现，卖力工作将功补过，也没有必要去拉他的脸面，毕竟能有个得力助手也不容易。

那为什么张栩这么久了也没有与白宇再见面呢？一是因为张栩有意避开寻露玫的私人朋友圈，不想让老板觉得他太把自己当回事。二是因为方昀自从成了白宇公司的签约歌手后，也没有必要来寻露玫这儿过瘾了，她开始忙起来，而白宇，本来就来得不多，再加上传媒公司大大小小的事情忙得团团转，就更见不着人。

而他对于老板的闺密是李丝蓓，为什么也一无所知呢？原来张栩应聘的时候，凭着在深圳工作生活的经历，跟寻露玫声称自己是“深圳人”，寻露玫便不知道其实张栩是李丝蓓的云溪老乡，也自然不会介绍他俩认识。

再则，给这么一个年轻漂亮的美女老板打工，张栩为了避嫌，公私分得很清楚，老板的私人场合，哪怕是在酒吧里，也基本上不去打扰。

张栩很明白，眼前这个女人是老板的闺密，他一定不会违背老板的意思主动搭讪的，只专心倒酒，做好服务。

方昀今天没来，李丝蓓本来就已经很尴尬了，寻露玫又撇下自己，明显是不想再听她纠结颜容失联的事情。再加上张栩居然在这里工作！这都发生了什么？！简直是比意外更意外！她局促得很，只好低头看着手机里颜容的图片，执着地使劲用手指来回摩挲着屏幕，努力想擦得更干净一些，就好像把颜容的脸看得越清楚就越容易找到她失联的答案似的。过了一小会儿，她放下手机，端起杯子一饮而尽。

张栩赶紧准备给倒上。无意中看到酒杯旁李丝蓓手机屏幕里那张无比熟悉的脸庞——那不是……她怎么会有若雨的照片？！

没等张栩看清楚，手机屏幕不合时宜地灭了。

李丝蓓也不敢正脸看他，只冲他摆摆手，抓起手机逃一般地离开了。

张栩想，应该是自己看错了吧……

如履薄冰

张栩去跟寻露玫汇报："老板，您的朋友走了。"

"哦，好的。你去忙别的吧。"寻露玫没啥反应。

张栩脑子里还在想着那部手机里怎么会有若雨的照片，稍微有些走神。

寻露玫看他站着没动，又问了句："还有什么事吗？"

张栩这才回过神来，赶紧说："没事了。"于是想，关于若雨的信息，还是另找机会了解吧。

李丝蓓坐在出租车里，想想自己刚才似乎是从露玫酒吧逃出来的。张栩怎么会在这里？以后露玫酒吧也得少去了！如果他还是像高中那会儿喜欢拿自己开玩笑，估计自己整容的消息要在老家传得满城风雨。

李丝蓓是奔四的人了，用云溪同龄人的那套价值观来看，还是不太能接受整容这件事。本来自己结婚多年没有孩子就有很多闲言碎语，如果再加上整容，估计就成为老家人茶余饭后的大八卦了。自己倒是不在老家住，平时听不见也不心烦，可家里父母怎么办？

但不管怎样，只要赵卡卡现在对自己满意，自己做这些也值了。

出租车在东四环上飞驰着，李丝蓓望着窗外的街景，却找不到熟悉的感觉，反而是一种莫名的陌生感，其实就是因为没有安全感。来北京快 20 年，可从某种意义上来说，自己还是个"北漂"。结婚以后，就做起了全职太太，没有任何收入来源，全靠赵卡卡养家。再者，作为一个外地媳妇，结婚这么多年没有给赵家添子嗣，婆家也颇有微词。

这样的不安全感，让李丝蓓感到深深的无力。眼前，她只有一条路，就是照顾好赵卡卡，然后尽快怀上孩子。

而此种心理状态，也是她无比羡慕颜容的原因。她羡慕颜容天生丽质；她羡慕颜容有天赋、有自己的事业，可以满世界努力着去实现自己的梦想；她羡慕颜容有一个深爱着她的法国绅士；她更羡慕的是，他们很快就有了爱情的结晶，一个可爱的混血小宝宝。

如果能和颜容一直保持着亲如姐妹的关系，会让李丝蓓觉得好受许多，至少会让她觉得理想的生活并不是遥不可及。可一旦失去和颜容的联系，李丝蓓会觉得自己好像被遗弃在了现实世界。

一线生机

李丝蓓绝对想不到，她心心念念着的不要把自己排除在不同世界的颜容，此刻却被困在了另一个世界。

颜容醒来，发现自己被关在一个狭小的、密不透风的黑屋里，双臂被人用绳子反着捆绑起来，吊在一个架子上。头冲下悬着，头发打绺着四处散落。头撕裂般疼痛，她想不起来发生了什么，她根本不知道自己怎么会沦落到这里，她唯一确定的，就是自己遭遇了绑架。

这一个月以来，她遭受的一切，已经彻底摧垮了她想要逃走的意志。她的第一次反抗，引来一阵电棍击身，紧接着是无法忍受的剧痛；第二次反抗，头部被钝器重击，再度昏迷……

只记得迷迷糊糊下了飞机，阵阵恐惧感袭来，让她不敢多想……

此时，门被打开了，一个脸上有着刀疤的男子走了进来，粗鲁地把颜容的头发揪起来，拍了几张照片，颜容下意识地尖叫起来，刀疤脸听到尖叫后越发兴奋，一把掐住颜容的脖子，却看到一根细细的项链。他一把扯断项链，甩在地上。颜容的脖子被项链划出一道伤痕，慢慢地渗出一些血色……

项坠落到地上，摔出一张小小的薄片，上面印着颜容一家三口的照片。旁边的一个恶棍好奇地捡起薄片看了看，看到照片他好像意识到什么，转过身对刀疤大吼一声“住手”，他觉得可以让颜容的家人高价把她赎回去。因为从照片上来看，这个亚洲女人的丈夫应该是个很有钱的欧洲人。

他们费了很多周折搞清楚蓦然的身份和联系方式，把颜容的照片和赎金的价格通过加密电子邮件发送给蓦然，并且告诉他赶紧准备好赎金，否则撕票。绑匪还警告蓦然不要报警，声称他们已经掌握了接近蓦然儿子的渠道，如果报警的话，孩子也将陷入危险。

那天晚上，蓦然好不容易把哭得撕心裂肺的小蓦越哄睡，他只是呆呆地看着手里的钻戒。他多么期望这枚戒指，能让他从晶莹剔透的钻石中看到颜容现在的状况。

突然间，他好像想起了什么！急忙跑到电脑前，慌张地打开电子邮件。但过于紧张，手指不听使唤，输了好几次密码才打开邮箱。

这些天蓦然一直都没有看邮件，刚才他突然意识到，颜容被人劫走，绑匪如果知道自己和她的关系，是很有可能给自己发邮件索要重金赎人的。好不容易打开邮箱，蓦然望了一眼成堆的邮件，又不由得赶紧把眼睛闭上，他害怕万一看到绑匪的邮件早就发过来了，恐怕颜容就已经被……他不敢再想下去，只好强打精神一封封地把邮件打开看。

每看完一封，他都松一口气，但马上又更紧张地去看下一封。终于，蓦然发现了那封绑匪发来的邮件！蓦然看到照片上的颜容，顿时就明白了自己心爱的人遭受了什么……他心如刀绞，眼泪奔涌而出。

“容，你还活着！感谢上帝！活着就好，活着就好……”蓦然被这突如其来的重大讯息刺激得有些语无伦次、神经兮兮，他既心痛又愤怒，既担心又惊喜，百感交集，绝望和希望同时在脑海里纠缠。

蓦然用双手用力地搓着脸庞，捋好头发，一遍又一遍，努力想让自己平静下来。他告诉自己，得用最快的速度做一个决定，选择一个周密的方案，万无一失地把颜容带回家。

孤身解救

听到小蓦越的哭声，蓦然突然睁开眼睛，也不知道昨天给绑匪回完邮件是什么时候睡着的。看到女仆已经闻声进来去照料小主人，蓦然赶紧再次打开邮件，然而绑匪并没有回复。

蓦然焦急地等待着，不时地刷新邮箱。

快到中午的时候，管家递给他一个信封，说道："外面有人送来的，一定要您亲启。"

蓦然接过信封，打开一看，里边是一个破旧的老式手机和一张纸条。纸条上只写着"€ 500,000"，其他什么也没有。蓦然立刻明白是怎么回事。他马上开了一张 50 万欧元的现金支票，让管家立刻去银行取钱。随即把手机放在书桌上。

时间一分一秒地过去，蓦然始终目不转睛地盯着手机，等待着绑匪和自己联系。

一个小时后，管家提着装满现金的皮箱回来了。

正在这时，手机振动起来，有电话打进来了！

蓦然迅速抓起电话接听。

"晚上 10 点带着钱到米兰马尔彭萨机场。"

蓦然抬起手看了一下时间：一点差一刻。他马上查航班信息，此时已经没有波尔多直飞米兰的机票，最早的航班是下午 2 点经里昂转机的那趟，10 点前可以到达马尔彭萨机场。蓦然一刻也不敢耽误，带着装满现金的行李箱立刻飞往米兰。

“您还没有吃饭……”管家这句话还没说完，蓦然已经冲出了酒庄大门，钻进车里，直奔机场。

一路风尘仆仆，当蓦然到达马尔彭萨机场时，大厅的钟显示正是 10 点。

蓦然手里握着的手机果然又振动了。

“喂？”蓦然迅速接起，声音低沉，略带急促地喘息。

“出门，往右走，看见一辆尾号是 69DM 的出租车，上去。”一个沙哑的声音，说完这句话就挂了。

蓦然完全按照指示上了那辆车。

车开了不到 10 分钟，手机又响了：“下车，穿过左手边的巷道，在花店门口上那辆灰色的车。”

蓦然下了出租车后，穿过一辆又窄又短的小巷，一家花店映入眼帘。虽然店已经关了，但是外面装饰的灯光还亮着，有一些花也没有收进去。这灯光和花朵在暗夜里显得无比明媚，仿佛点燃了蓦然的希望，他从摆在最临近街边的一束玫瑰中抽出一支最娇艳的，插入大衣内侧的口袋，又从外侧口袋里摸出一枚硬币放在那朵玫瑰的旁边位置上，就上了花店门口唯一的那辆灰色的车。

这辆车又只开了一会儿就停下了。中途绕来绕去，蓦然已经完全分不清此刻是哪个方向了。开车的司机示意蓦然下车，自己也下了车。

“手机。”司机说。

蓦然把老式手机拿了出来。

“不是这个。”司机又说。

“没有了。”蓦然说。

司机的目光从压低的帽檐射出来，心存怀疑。

他用双手把蓦然全身排查了一遍，确实没有其他手机。之后，就径自把车开走了。

蓦然正一头雾水，手机又响了：“往右边走，一直走，不要回头。看到教堂，就在拐角处停下。”

蓦然依旧照办，但他开始有些心急和焦躁不安。

教堂拐角的另一边，一个男人示意蓦然跟着他又上了另一辆车。

车上包括蓦然有三个人，一路无话。

最后，到了一个赌场，车停了。三个人下了车。他们示意蓦然走前面，两个人在后边跟着。一行人，特别是蓦然的箱子，过了安检之后，赌场的服务人员在前面带路。

到了名叫“阿姆斯特丹”的包间门口，服务生做了个礼貌的“请”的手势，说了一句“祝您玩得开心”，就离开了。

蓦然拎着箱子走进去。沙发上坐着一个满脸横肉的家伙，脚放在茶几上，嘴里叼着一根雪茄，右手拿着一个装着威士忌的酒杯。茶几的两边，站着两个壮汉。

跟着蓦然进来的两个人，就站在门边，守着门。

满脸横肉的家伙手中捏着从颜容脖子上扯落的项链，对着蓦然打量了一番，又打开项坠里的照片仔细对照，说道：“你还算准时。”然后漫不经心地抽了一口雪茄。

蓦然并不畏惧，质问道：“人呢？！”

那家伙用雪茄点了点房间靠右侧的那个角落，原来这里还有一个小房间，此时，小房间里的灯亮了。蓦然看到了被蒙着双眼、满脸惊恐的颜容和粗鲁地架着她的"刀疤脸"。

蓦然的眼泪夺眶而出，正要上前，茶几旁边两个壮汉拦住了他。

沙发上的家伙此刻居然还露出了恶心的笑容。他示意"刀疤脸"把蒙着颜容眼睛的布扯开，然后对蓦然说："看清楚了？"

蓦然强忍住内心的悲痛和愤怒点了点头。

"别急！钱。"那家伙又说。

蓦然把箱子放到茶几上，打开，转过去，冲着那该死的家伙。

那家伙拿起一叠现钞，验了验，又翻了翻其他的，满意地点点头，示意把隔间的门打开。

蓦然立刻起身要抱住颜容。没想到还是被茶几边的壮汉拦住了。

抽雪茄的人拎过钱，把项链扔给蓦然，说了句："物归原主。"炫耀着他的胜利，得意中带着调侃的语气。

蓦然紧紧地握住项链，愤怒地、直直地瞪着他，目光如熊熊火焰。

随后，那家伙不紧不慢地带着四个人走出了房间，只有"刀疤脸"架着颜容，和蓦然对峙着。

等那几人离开了一会儿，"刀疤脸"身上的手机振动了一下，他才一把将颜容扔到沙发上，走了。

被这么一扔，颜容万分惊恐地尖叫起来。由于长时间遭受虐待，颜容对蓦然也是惊恐和排斥的。蓦然看到这样的颜容，心如刀割，他努力克制着自己的情绪，脱下外套，慢慢地包裹住她的整个身体，轻轻地抱起颜容的头，流下两行热泪，喃喃地说："容，好了，一切都结束了，都结束了……"

或许是颜容已经太久太久没有被这样温柔相待，她渐渐地接受了蓦然的拥抱，蜷着身子，缩在沙发上，时不时还难以控制地颤抖着……

蓦然从衣服里掏出那一朵玫瑰，还好，没有完全被碾碎，他温柔地整理了一下残存的花瓣，轻轻地、慢慢地递给颜容……

刻骨铭心的记忆

蓦然第一次见到颜容，是在阿姆斯特丹，虽然是透过酒店另一栋楼的窗户看到颜容的，却一见钟情。而这一次实为不易的重逢，居然也是在“阿姆斯特丹”。

阿姆斯特丹，太刻骨铭心的记忆。

蓦然把颜容带回酒庄后，立刻找医生给她做全身检查，当得知颜容因为惊吓过度导致失忆，蓦然又心疼又沮丧。接下来的日子，蓦然悉心照顾着颜容，他试图让小蓦越唤起颜容的记忆，可是，颜容现在连自己的亲生儿子都找不到亲近感，更别提蓦然了。蓦然知道，这并不怪她，她受的伤痛太大。

把颜容救回来，蓦然的精神很快就恢复了许多。开始继续打理酒庄的事情了。只是，回来已经快两个星期，颜容目前还是自己单独待在一个房间。她整天都不出来，蓦然每次推开门，都看见她蜷缩在沙发的一角。按医嘱，颜容现在每天都是在服药的，帮助她尽快恢复精神状态。她自己也不会主动吃东西，当蓦然温柔地把一些泡了面包屑的汤送到她嘴边的时候，她才会怯生生地抿一口。

一日，颜容忽然换上了之前她最喜欢的一件白色丝质睡衣，那是蓦然送给她的生日礼物。

蓦然看到穿着这件白色睡衣的颜容，立刻回想起他和颜容那一段刻骨铭心的记忆，一段段无法从脑海中拂去的记忆……

蓦然情不自禁地走上前，抱住了颜容，为了重温这一刻，他已经等太久了，经受了太多折磨的长夜和无尽的思念……

颜容并没有拒绝，她只是呆呆地站在那里。看到她没有拒绝，蓦然欣喜若狂，不禁紧紧地、用力地抱住她，生怕颜容再一次从自己面前消失，突然，颜容猛然尖叫一声，开始挣扎！

他马上意识到自己太着急了，举起双手一步步后退，压低声音持续说着：“我的错，我的错……”语气尽量温柔，好让颜容平静下来。

颜容这才渐渐停止挣扎，紧抱着双膝，蜷缩在沙发一角。

蓦然慢慢退回到门边，无可奈何地深呼一口气，带着深深的自责，关上门，离开。

另一种爱情

北京，露玫酒吧。将近凌晨1点。

今天是工作日，这个点儿，已经没什么人了。

寻露玫没有丝毫睡意。打开一瓶菲特庄园的红酒，给自己倒上。她右手扶着吧台台面，慢慢地俯下身子，把尖尖的下巴贴在自己的手背上，左手的食指和中指夹着细长的杯脚，大拇指缓缓转动着杯子的底部，眼睛凝视着杯中红如玫瑰的液体，折射出迷离的灯光，分外动人。

寻露玫在上大学的时候，就认识了赵向林，虽然那时的赵向林已娶妻生子，但面对这样一个如父兄般疼爱自己的人，寻露玫很满足，其他的并不去想。毕业之后，赵向林出资为自己开了这间酒吧。这么多年凭着自己的努力，这间酒吧经营得一直都不错。

时过境迁，赵向林因为家里发生些变故，离婚了，于是动了真心想娶寻露玫的心思。但寻露玫越成熟，就想得越明白，一定要跟赵向林划清关系，她认真地跟赵向林谈过一次，表明自己是独身主义者，谢谢他这么多年的照顾，感情的事没什么可说的，希望他们能继续保持朋友和生意伙伴关系。实际上，寻露玫一直想嫁个欧美男，之前跟赵向林说不想结婚，只不过是个冠冕堂皇的借口。当蓦然出现的时候，她真的是觉得全世界都亮起来了。虽然赵向林十分后悔把蓦然带到露玫酒吧，但他相信寻露玫只是一时兴起，最终还是要回到自己的身边。

像很多女人一样，寻露玫的爱是浓烈而自私的。她对蓦然的爱，虽然是在对方未曾察觉的情况下，但随着时间的推移，已经膨胀到无限大。怎么会有颜容这样的女人在蓦然身边？寻露玫始终无法接受自己等了半辈子才遇到的梦中情人居然被别的女人霸占了这个事实。不抢过来怎么甘心！

时间过得很快，距上次去波尔多酒庄与蓦然见面，已经将近两年。这期间，寻露玫偶尔会给蓦然发去邮件。每次发邮件，其实都是寻露玫想念蓦然想到忍无可忍的时刻，当然，蓦然的回复，自然是礼貌且平淡至极的，从未有什么惊喜。

但是，寻露玫从来没有放弃等待。她坚信，不用她主动做什么，蓦然和颜容的爱情，哪怕再浓烈，也经不起时间的消磨，终会被琐碎的家庭生活蒙上灰尘。到那个时候，只要保持女性的魅力和美丽，并且一直和蓦然保持联系，早晚他都会对自己产生浓厚的兴趣。而当下应该做的，就是不要丢掉和蓦然的正常生意往来，不要让他忘记自己，然后，耐心地等待机会降临的时刻。

想到这里，寻露玫又找了个由头，给蓦然发去一封邮件，联络感情。当你坚持的某件事情已经形成一种习惯的时候，往往转机就来了。这次蓦然很快就回复了邮件，居然说要来中国，而且是马上就要来，还说有重要的事要当面请她帮忙。

寻露玫收到邮件后欣喜若狂，即刻就开始盘算怎么安排蓦然的这次中国之行。真没想到才两年机会就来了！这次一定要精心安排，让他此行留下深刻的印象，成为一次难忘的记忆。各种场合都要极力施展魅力，让蓦然了解自己、欣赏自己。要想尽办法创造各种增进亲密感的机会，如果能擦出火花，那当然是求之不得。

为了这一刻寻露玫等了太久，她喝了一口茶水，努力让自己先冷静下来。待情绪平复一些，寻露玫又仔细看了看蓦然的邮件，并没有发现什么特别的话语。

不过，蓦然找她，到底是什么重要的事情呢？寻露玫理所当然地认为是生意相关的事情，但会不会也有别的可能？寻露玫仔细琢磨着，如果蓦然是要来和自己谈生意相关的关键事项，当然可以用“重要”来形容。别的，实在想不出还有什么其他“重要”的事，蓦然会来找我说呢？

擅自逃离

蓦然万万没有想到，因为自己重修旧好的心情过于迫切，与颜容的亲密举动操之过急，引来了颜容的再次出走。此时，颜容的记忆只恢复了一部分，而且大部分都是很多年前在中国生活的片段。因为之前受到了刺激，此刻的她对于西方男人的面孔有种莫名的恐惧，即使是蓦然也不能排除在外。

一日，蓦然有要事外出了。不知出于什么原因，颜容竟然打开房门走了出去，看到硕大的酒庄，她既害怕又好奇，不能自已地独自游荡起来。

正值休息时间，没有人发现她离开了房间。颜容不知不觉地走进了蓦然的房间，看到房间内的装饰居然有些熟悉感，她停下脚步慢慢地观察着房间里的摆设，目光落到了墙上的一幅油画上，一种似曾相识的感觉让她沉溺在画中。

画布上展现的是日落时分的葡萄园。天空的颜色呈红、橙、紫、蓝、灰五种颜色，变幻交织在一起，给人一种光影流连的感觉。这幅画里的景色无疑是美丽的，但给人一种无法触及的虚幻感。

实际上，这幅画就是两年前她怀着小蓦越依偎在蓦然怀里亲手画的。画里透射出的虚幻，似乎早就预示此后的流离。

颜容好像就要想起一切了，不料一阵头疼袭来，只好不再凝视那幅画，驻足在书架前。眼前的这一排书，有一本比较大而稍显突兀。她取下来，居然是一本印象派的画册，熟悉感更加强烈。其实，这原本就是颜容初来酒庄的时候带过来的。看到这些熟悉的名家画作，她的眼神再次被点燃，仿佛有一种魔力直通她的大脑和灵魂，她饥渴地盯着每一个细节，试图通过这本书唤起更多的记忆。此刻，她太过渴望恢复记忆，以至于引起一阵剧烈的头疼和眩晕。

书本“啪”的一声摔到地上。她扶着书架的边缘，勉强站住。闭着眼睛，轻倚着书架熬过这一阵眩晕，回过神，缓缓抬起垂下的眼帘。

她想蹲下来捡起这本书，却发现书里夹着一个棕色的小本掉落出来。颜容好奇地捡起小本子一看，封面上写的是护照，里边居然有自己的照片！

房间的门突然开了，原来是女仆 Lisa 听到声响过来看看，她看到是颜容，就立刻上前安抚她回房间休息。颜容下意识地把护照藏进了睡衣宽松的长袖里，乖乖地跟着 Lisa 离开了蓦然的房间。

回到房间里，颜容仔细翻阅着自己护照的每一页，最终颜容得出一个结论：她是中国人，出生地在中国湖南。她究竟是怎么来到此地的，她已经害怕到不敢去想，当务之急是应该马上回家！

颜容抓起护照，蹑手蹑脚地再次走出房间，努力通往大片的葡萄园，一刻不停地跑出了酒庄。

不知走了多远，颜容遇到一个参观其他酒庄的中国旅行团，便一直随行，跟着上了旅行团的大巴来到了机场。导游发现了她的异样，走过来对颜容说：“您是哪个团的？需要帮忙吗？”颜容急忙掏出护照，突兀地说道：“我要回家！”导游有些纳闷儿地看着她，寻思着她不会是走丢了吧？于是接过护照看了下有效期和多次入境的申根签证，心想肯定是遇到什么困难了，既然都是中国人，又出门在外，能帮就帮一把吧。

于是转身给公司打了个电话，片刻，就转过来对颜容说：“您好，跟我的团回去吧，护照给我，我给你买票，脖子上的项链先押我这里，回国后把机票钱给我，项链再还你。行吗？这是我的名片，上面有我的电话。”

颜容还是眼神空洞地看着她，也没说话。

导游又用手在脖子上边比画边说：“项链、护照给我！带你回家！”

颜容迟疑着照做。

导游接过护照和项链，问道：“你要去哪个城市啊？我们飞长沙，您到北京跟着我们转机吗？”

颜容又只是点点头。

导游只好又瞅了一眼颜容的护照，看她出生地写着湖南，心想：没想到在波尔多捡到一个老乡！那就飞长沙吧！

谁承想，与蓦然这一别，竟然又是一年。

蓦然回到庄园后，得知颜容再次消失，只是呆呆地站在书房里那幅画前，眼神越来越黯淡。

“你擅自逃离了我的世界，却把我留在了你的世界……”

事不宜迟

根据 Lisa 的描述，颜容离家出走前曾到了蓦然的书房，而且弄掉了那本印象派的画册。蓦然第一时间就把那本画册翻开检查了一遍，果然，里边的护照没有了。可令他不解的是，她为什么要离开酒庄？还知道要拿着护照？颜容的意识和记忆到底恢复到什么程度？是自己那天的举动让她产生了反感吗？这段时间蓦然太累太受折磨，他开始想太多。实在想不清楚，他便用手无力地扶住额头，摇了摇头，又揉了揉眼角的泪水。

警察已经来过，蓦然在等他们的消息。好在这次颜容拿走了护照，如果能查到跟护照关联的机票或者其他信息，就是好消息，基本不可能是再次被绑架，并且可以很快查到她的下落。如果颜容再次遭遇不幸，蓦然真的没有勇气再面对接下来的日子了。

又是一夜未眠。

又一夜。

第三天上午 10 点。电话铃响了，蓦然迅速接起电话。

是警察打过来的。颜容的护照显示她昨日已经乘坐返回中国的航班，目的地是“长沙”。

谢天谢地！蓦然悬着的一颗心终于放下了半截。可是为什么会去长沙，之前跟颜容回中国的时候，去的城市不是深圳吗？

警察告知蓦然，颜容已经回到了中国，因为现在无法判断她是不是在有意识的情况下自愿回国的，就没有办法通过国际刑警组织的相关规则请求中国公安部门予以配合。蓦然也意识到，自己和颜容并没有结婚，也没有任何证明可以说明他们的亲密关系，以颜容目前的意识和记忆状态，如果贸然让中国公安部门介入，要查证自己对颜容无害就得花费好大一番功夫。

蓦然不得不再次靠自己去寻找颜容。可对于长沙这个陌生的城市，他从哪儿开始找？颜容会去这个城市的什么地方，他一丁点儿头绪都没有。

对！可以跟颜容的父亲说明情况，但老人本来就有心脏病，前前后后那么多事怎么跟老人家说得清楚？！都不用提颜容失忆，恐怕只是简单地说一句颜容突然去了长沙失去联系了，老人也承受不住……

正当蓦然一筹莫展、试图在网上查找一些信息的时候，寻露玫的邮件发来了。蓦然脑子飞快地转着，自己生意上往来的中国人里，寻露玫是跟自己联系得最多的，而且她还来过酒庄，可以算是老朋友了。她在酒庄也见到过颜容，知道自己和颜容的关系，就不会认为他千里寻人有什么不轨的企图。从波尔多飞往长沙必然要转机，不如先飞去北京和她会面，希望可以说动她帮自己找到颜容。

事不宜迟，蓦然立刻抓住了这棵救命稻草，给寻露玫回复了邮件，告诉她自己要立刻飞往北京，有重要的事情求助。

所托非人

看到蓦然风尘仆仆地赶来北京，就是为了来找自己，寻露玫喜出望外。蓦然一见到她，就迫不及待地说出了此行的目的。

寻露玫听了后有些惊讶，但她的第一反应是：“天助我也！”颜容离家出走，不正是自己趁虚而入的好机会吗？于是，她一边安抚着蓦然的情绪，一边盘算着如何才能让蓦然留到自己身边。

她给蓦然倒了一杯清茶，问道：“颜女士离开的时候穿的是什么衣服？有什么显著的外貌特征吗？”

蓦然摇了摇头，“她只穿了一条白色丝质长裙，别的什么也没有。”

“哦？可是……”寻露玫有些疑惑。

“寻女士，我理解您的疑问。其实……”蓦然顿了顿，用手扶住太阳穴，又继续说道，“既然我来找您，我想我还是应该把实际情况告诉您……”

蓦然低下头，把颜容上次独自从深圳返回法国后在机场失踪，以及她经历了什么，导致她什么样的身体和精神状态，以至于造成这次离家出走的来龙去脉概要地跟寻露玫说了。说完，蓦然不禁掩面而泣。

寻露玫一度感到错愕。当时在飞机上给颜容下药让她晕倒在机场座椅上，寻露玫只不过是想让蓦然找到颜容费点劲儿，两个人因此闹点别扭。没想到，后果竟然如此严重。寻露玫的额头上冒出一层冷汗，她根本不敢直视蓦然。好在，根据蓦然的叙述，颜容是独自一人从中国返回法国而遭遇的不幸，那么蓦然其实根本不知道她和李丝蓓的同行。幸好当时订机票时叮嘱了李丝蓓，没有提前告诉颜容她俩也要一同前往法国。倘若颜容跟蓦然提到过她们同行，哪还会有今天的求助？

蓦然尽量控制着自己的悲痛情绪，用手抹去泪水：“实在抱歉，我失态了……”

寻露玫闻声立刻回过神来，急忙安慰蓦然说：“没关系，我知道您难过，哭出来会好受些。”

蓦然抬起头看着寻露玫，正要感谢她的理解，却发现她煞白的脸色和额头上细细的汗珠。“您怎么了？”蓦然有一秒的疑惑，但立刻给自己找到了答案，“是我不好，我不应该把这么可怕的事情告诉您这样一位优雅的女士，对不起……”

寻露玫本来正要躲避蓦然的眼神，生怕他发现什么，但听到他的抱歉，便立刻松了一口气，顺着话往下说道：“没事，我只是没有听说过这么可怕的事，颜女士受苦了，也难为您了。”说完，寻露玫又目光坚定地对蓦然说：“蓦然先生，您放心，我一定会尽我自己最大的努力帮您找到颜女士。”

看到寻露玫如此乐于助人，蓦然万分感激地握住寻露玫的手，真诚地说道：“谢谢！非常感谢！”隔了几秒，他郑重地说：“我对长沙这个城市很陌生，您能否陪我去长沙一起找到她？”

寻露玫把手搭在蓦然的手上，眼睛直视蓦然，坚定地点了点头，应允了他。

“衷心感谢您的帮助！谢谢！”蓦然用力按了按紧握的双手，再次表示谢意。

可是他哪里知道，所托非人！

峰回路转

导游把颜容带到长沙，一再询问她的家人在哪里，可不管怎么问，颜容就是一言不发，无奈只得把颜容带去公司附近的公安局。经过一番努力，公安局查到了颜容的家庭成员信息，于是想办法联系了颜正。颜正得知消息后，火速赶往长沙接颜容。

颜正颇为惊讶，春节回家还好好的，这才半年多，什么时候容儿变成现在这样的精神状态？她怎么会一个人出现在长沙？一路上，颜正思来想去，都猜不到发生了什么。最后，他推测：容儿是不是要来湖南找亲生母亲？

颜容见到颜正后，眼神仍然是空洞的，对于这几天发生的一切，她已经完全迷失。颜正带着颜容离开了派出所，找到一家环境安静又舒适的西餐厅，先吃饭。

颜正看着颜容浑身上下只穿着一条白丝裙，而且比过年的时候瘦弱了不少，脸色也有些苍白。颜正打算联系蓦然质问他是怎么照看自己女儿的。可转念一想，容儿怎么会一件行李都没有呢？难道是从家里跑出来的？她在国外到底经历了什么？说来奇怪，据公安局的人说颜容已经在中国待了好几天，如果蓦然也在找她，为什么没有第一时间联系自己呢？颜正有一种不祥的预感，万一颜容离家是因蓦然而起呢？还是先让颜容吃些东西，好好恢复一下体力，一会儿再细问。

刚才公安局的人跟颜正说他的女儿神志不清的时候，颜正以为颜容只是受了折腾，而且不习惯国内的处事方式在使性子，可他万万没有想到，现在就剩他们父女俩，不管问什么，她都只是点点头，没有任何回复。从颜容吃饭时的动作和一直游移不定的眼神来看，颜正估计形势不容乐观。

颜正意识到问题的严重性。他根本无法相信，天赋极高、才华横溢、亭亭玉立、从小就自信满满的容儿，居然是此刻这般模样！这本是一颗在哪儿都会发光的小星星啊，怎么会像现在这样黯淡无光？简直可以用凄惨来形容……颜正只觉得一阵揪心的疼，他从上衣口袋里摸出一片药吞下，努力使自己保持在非病的状态。女儿已经这样了，他千万不能再倒下。

颜正不得不承认颜容现在的状况需要医治。吃完午饭，他立刻在长沙最好的医院给颜容挂了个号。一通检查下来，医生告诉颜正，颜容的头不久前受过外伤，精神也受过刺激，她现在应该是恢复一段时间了，但好像进行得不是很顺利，平时家人除了照顾她，应该多给她安抚，有条件的话，可以住院观察。颜正听到这些，又觉出自己心脏跳得很快。他打算回深圳后，安排颜容入院疗养。

天色已晚，今天只能在长沙住下。颜容一进酒店房间后就靠在沙发一角蜷缩着，一言不发。颜正轻轻地给她披上毯子，一直保持安全距离看着她，以防她再次走失。

深夜，颜容入睡之后，颜正缓缓走到窗前，凝视着这个城市的灯光。颜正想，自己的心脏不好，说不定哪天就走了，容儿现在又这般状态，可如何是好。

这里是湖南。颜正脑海里出现了一个名字：陈静秋。是不是应该尽快找到颜容的亲生母亲，眼下，恐怕只有颜容的母亲和胞妹能照顾她了。10多年前，颜正返回自己曾经插队的那个小山村时，打听到陈静秋的一些消息。不过当时有事在身，没有探听仔细。记得当地老乡说的是，陈静秋举家“从乡下搬到城市”，那按常理推，很有可能搬进了市里，或者搬来了省会长沙。

可如果真要去找她，会有很多事情要做，颜容现在状态这么不好，自己又分身乏术……想到这里，颜正一夜没睡。早上，颜正等颜容醒来，便打算带她返回深圳，治病要紧，其他的事，走一步看一步。

颜正带着颜容到了酒店机票预订处，其中一个女员工一眼就认定，这是一个退休的老父亲带着女儿来湖南旅游。

“老先生，您这是跟女儿来湖南旅游啊？您女儿可真漂亮！”

颜正淡淡地答应了一句："嗯。"

"您是教授吧？一看就知道您特别有学问，特别有艺术家的范儿。我们这里有湘西特色旅游特别适合你们，要不要了解一下？"说着便把宣传图册递了过来。

"张家界、凤凰，风景很秀丽的，特别适合您这样有艺术气质的人士。这条线路还有一个新增加的景点——安华县的云起瀑布……"

颜正突然怔住了，"安华县云起瀑布"，多么熟悉字眼……难道这是天意，让我带着容儿去她出生的地方看看吗？

乡情

颜正想了很久，缓缓问道："张家界、凤凰我们都去过了，云起瀑布倒还新鲜，有没有只去这一个地方的旅行团？"

"老先生您太有眼光了，云起瀑布现在好多人都不知道，但真的特别值得去。不过很抱歉我们没有只去那边的，湘西旅游一般都是一整条线路下来的。"颜正听完显露出了迟疑。女孩接着说道，"要不这样吧，可以帮您预订下午去张家界的机票，到了后我们安排当地导游直接带你们去云起瀑布，今天晚上就可以住在瀑布旁边的农家乐。您看可以吗？"

颜正便携颜容一路到了这里。夏末还是有些热，这些天一路奔波，颜正感觉心脏老是不太好，每天醒来第一件事就是吃药，不敢忘记。

说来也奇怪，颜容到了这山清水秀的地方，好像精神不似从前那么紧张。颜正默默地想，也许真的来对了。便带着颜容从导游安排的农家乐离开，一路去寻找当年自己居住的那个小茅屋。虽说是与世隔绝的乡村，这些年也有些变化，找起来也不那么容易。

当看到那棵标志性的老桂花树还矗立在那里时，颜正长舒一口气，他知道，那个小屋、那尘封多年的记忆就在前面。

可是，等待他的是一堆废墟。老房子年久失修，已经塌了一半，无人居住。颜正无比伤怀，却发现旁边的院落似乎还有人。

他带着颜容轻敲了下有些破败的院门，一阵犬吠。片刻，一个老妇人步履蹒跚地打开了院门。

“您是……周婆婆！”颜正惊讶于当年的老邻居周婆婆还健在！

“这是……让我好好看看，哦——我还记得你！那个画画的知青！小……小……”老人家虽年事已高，但耳聪目明，脑子也不糊涂，记性还好着呢。

“小颜！”颜正激动地握着老奶奶的手。

“哦！对对对！稀客，稀客呀！你有多少年没来过了哟！”

“是啊！您身体可好？”

“老了，不中用啦！我记得，当年你还是个小伙子呢，现在也头发花白了啊。”

“是啊！您还是老样子！您今年高寿了？”

“108岁啦！”老人家边说着边用手指比画着。

“哎呀，百岁老人啊！您真了不起啊！！”

“啊呀，哪有什么了不起，凑合活着！这个是你女儿呀？长得真乖啊！”

“是是是……”

“看我，老糊涂了，光顾着说话了，快进来！快进来！”

……

老人家虽然高寿，但老伴去世多年，膝下有三个儿子，大儿子已经去世，小儿子和儿媳在外省，只有二儿子住在县城，平日里还要帮自己的孩子照看孙辈。老人家身体硬朗，住这里习惯了，不愿意搬走，便终日和黄狗为伴，县城里的孙子还特地给装了电话，周婆婆平时只会接不会拨。

颜正和周婆婆聊了好一会儿，知道了好些事。院子里那条大黄狗再也不叫唤了，好奇地看着他们。可喜的是，颜容在这里真的很放松，居然还去摸了摸狗狗的头。

不知不觉已经到了傍晚，得知颜正有事要在这里待些时日，周婆婆说正好院子里两间房都空着，盛情邀请他们住下。颜正哪敢麻烦老人家，一再推托。结果周婆婆却说："不让你们白住，我这院子里这么多活儿正愁没人干呢！你看这有几只鸡，正好帮我喂喂。"

颜正再三谢过，不敢打扰老人家休息，说明日一定来帮忙。

颜正带着颜容又找了离这里最近的一家农家乐住下，看到颜容今天在周婆婆家状态不错，他已经盘算好了，明天一早他带着颜容去帮老人干点活儿，然后让颜容待在那里。周婆婆家是在村里三组，根据昨天老人说的一些信息，自己再去八组那边进一步打听打听陈静秋的消息。

服下一颗药，颜正就躺下了。不知怎的，心脏的感觉越来越不好，该办的事情还得抓紧。

情到深处

北京飞往长沙的航班上，寻露玫一直在安抚蓦然的情绪，蓦然万分感激。为了找些共同话题，寻露玫再次跟蓦然确认："颜女士身上除了护照真的什么也没有了？她没有带任何东西？"

蓦然仔细想着，突然，他这才想起来："项链！她脖子上戴着我送给她的项链！"

"有照片吗？可否让我看看？"

蓦然从手机上找到了一张颜容的特写，脖子上的项链明显而清晰。

寻露玫接过手机端详着。说实话，颜容真是个美人儿，即使寻露玫万般忌妒，可不承认颜容的美都不行。她绝不仅仅是长得标致，她的美很有特点，很有内容。

许久，寻露玫点点头，把手机还给蓦然。虽然她大部分时间都是在看颜容的脸，但也记住了项链的细节。

"可是即使知道她带着项链又有什么用呢？能帮我们找到她吗？"蓦然有些疑惑。

"您都说了，颜女士身无分文，却搭乘飞机到了长沙，假设是有人帮她付了机票钱，总要拿些东西当作抵押吧。"寻露玫大胆猜测。

"不，那是我送给她的信物，她绝不会拿出去抵押的。"蓦然不愿意相信那张放着他们一家三口照片的精美项链，会被自己心爱的人丢弃。

"对不起，您千万别介意，我只是猜测。"寻露玫有些后悔自己说的话引起了蓦然的不悦。

蓦然沉默一会儿，叹了口气，"也许你说得有道理，只是我不愿意相信罢了。没关系，如果真是这样，也比颜容受到其他伤害要好。"蓦然祈祷着颜容没有什么闪失，努力让自己保持乐观。

"但愿如此。您能这么想我很欣慰。"说完，寻露玫体贴地握了握蓦然的手。

蓦然感激地看着她："谢谢！谢谢您的好意！"

蓦然注意到，眼前这位寻女士是个聪明而体贴的女人，她的思路很清晰，和她相处也很放松，真是找对人帮忙了。

蓦然微微点头向寻露玫致意，礼貌地结束谈话。他把头转向窗外，看着厚厚的云雾发起呆来。

蓦然深深爱着颜容，从见到颜容的第一眼开始，他就被那种摄人心魄的美降服。颜容的话很少，无时无刻都像是在想些什么，但是只要你跟她交谈，即使她还没有回复，只要那双深泉般的眼睛凝视着你，你就会发现是那么生动、那么美的一张脸，以至于很难集中精力把自己的谈话进行下去。跟她相处得越久，就越会发现，她所有的才华和天赋都被她自己深深地藏在身体里。

蓦然知道，颜容的美极其动人，但也很危险。爱上这么一个女人，就意味着会爱得很辛苦，也很心疼，还会经常感到担心，害怕失去她，害怕她受到伤害，害怕她不爱自己等。蓦然觉得他和颜容的爱情，强烈、刺激、坎坷——让人筋疲力尽。

可是跟寻露玫这样的女士在一起，很放松。想到这里，蓦然不禁回头望了一眼似乎已经睡去的寻露玫，是的，她也是美丽的。

蓦然当然很清楚自己此刻对寻露玫的好感根本不是爱，只不过是他真的太累了，经历这么多事，再坚强的人也需要片刻的安抚和慰藉。

而寻露玫呢？她是不会去挑剔蓦然对她的好感是出于何种原因的，为了得到梦寐以求的男人，她什么也不在意。

长沙之行

寻露玫闭着眼睛，琢磨着怎样才能让蓦然在自己身边待久一点。这阵子酒吧的事情她已经完全交给张栩打理，蓦然来了之后，她根本无暇理会。

既然蓦然是来找颜容的，那寻露玫想为了让蓦然留在自己身边，应该拖住他。飞机还有一个小时就要落地，一到长沙，蓦然肯定会立刻采取各种办法行动，自己得赶紧想办法了。

寻露玫心里很清楚，颜容有很大概率在公安局出现过，那么只要她带着蓦然去公安局报个案，很快就能找到颜容。既然想不出来应该怎么做，就得先想明白哪些是不能做的。所以，公安局是一定不能去的。

问题是，如果蓦然主动提出来要去公安局，怎么阻止他呢？说来也奇怪，不知出于什么原因，蓦然目前并没有主动提出来要去找警察，但寻露玫觉得他很快就会提的。所以，在他提出来之前，一定要尽快分散蓦然的注意力，为他找到一个别的关注点，一个能让他沉浸其中的错误方法，最后让他不得不放弃。

那么寻人启事总不能拦着蓦然不让发吧？如果拦着蓦然不让发寻人启事，那她真实的想法恐怕就会暴露得很明显。既然拦也拦不住，还不如自己主动提出来。

“各位旅客，飞机已经开始下降了……”广播里传来空姐的声音。

有了！刚才不是问过蓦然有关项链的事情吗？如果把寻人启事受众的关注点都引到那条项链上……寻露玫想到一条妙计。

“蓦然先生，待会儿到了长沙，我建议您去报社登一起寻人启事。”寻露玫一睁开眼睛，就对蓦然说道，以显示自己对寻找颜容的事情不遗余力，非常上心。

“对！好主意！我也正有此意！有您帮忙，语言方面的问题也解决了，太好了！”蓦然喜出望外。

“我会帮您找一家当地发行量最大的报刊。一会儿下了飞机我们找家咖啡厅，您好好跟我说说颜容女士的明显特征。”寻露玫一本正经。

“我觉得您刚才给我看的那张特写就很不错，可以作为寻人启事的照片。”她又补充道。

“好的！非常好！谢谢！”蓦然依旧是满脸诚挚的谢意。

飞机缓缓降落在黄昏时刻的机场。

蓦然和寻露玫走出机舱，看到满天的晚霞和橙红色的夕阳。

在等待摆渡车出发的间隙，蓦然驻足车前，有些出神地望着这难得的美景。极远处的天空，还有一只不知名的鸟儿飞过。

寻露玫当然知道蓦然此刻心里在思念谁。

这让她想起李白的一首诗——《代寄情楚词体》，趁着蓦然凝神的这一小会儿，她赶紧查了一下这首诗的英文翻译，又百度了一下李白这首诗的全文。

“送飞鸟以极目，怨夕阳之西斜。”

“好美的句子！是您刚才想到的吗？”蓦然回过神来，惊讶地看着寻露玫。

“不，我哪有这么大的才情。这是中国古代著名的诗人李白的诗句，说的是他对一位女子的怀念。如果您有兴趣，有时间我可以详细跟您聊一聊这首诗。”

“好的。”蓦然若有所思地应允了一句，用带着几分欣赏的目光看着寻露玫。她居然能读懂自己的心事，还说出这么应景的一首古诗。想到这些，蓦然心里竟泛出些许惊喜。

晚上七点半，长沙，俩人找好酒店住下。按欧洲的习惯，晚餐开始得比较晚，蓦然还没有要吃饭的意思，一进房间他就打开电脑，开始准备寻人启事的事儿。在长沙最多也就待一个星期，酒庄里还有孩子和一大堆事情等着他。可这一个星期能找到颜容吗？如果没找到，他也不得不暂时先回去！能拜托寻露玫女士吗？可是她也要回北京的，这两天好像也没听她提起过有在长沙的朋友可以帮忙。以目前的形势，只能走一步看一步，得赶紧发寻人启事。

寻露玫在隔壁房间的沙发上坐着，早已饥肠辘辘。她都猜得到蓦然在忙什么，寻人启事，不过这事儿自己也得想想。

寻露玫一边思考着，一边从沙发上站起来，走到卫生间的镜子前，拧开水龙头，洗了洗手，稍稍让自己凉爽一下。末了，她用毛巾擦干双手，舒展地搭在洗手池边缘的大理石台面上，停止了动作。凝视着镜中的自己，她突然间冒出了一个想法：如果再在寻人启事中说明该女子目前神志不是很清醒的话……

想着想着，寻露玫一侧的嘴角忍不住上扬一下。此刻，镜子中这张阴险的脸，连她自己都觉得有些可怕。太饿了！我要吃饭去！寻露玫理了理衣服，走到书桌边拿起电话给蓦然的房间拨过去。

“您好！”蓦然很快就接起了电话。

“蓦然，时间不早了，我们先去吃饭吧？可以边吃边讨论一下寻人启事这件事。”寻露玫依旧是温柔体贴。

“对不起！我把晚饭的时间忘记了，我五分钟后就可以出发。”蓦然挂了电话，无奈地耸耸肩，他只是觉得飞机上的下午茶点好像刚吃过不久。出门前，他拿出手机把电脑里写的寻人启事拍了张照片，然后放进了衣服口袋里。

为了让蓦然觉得习惯一些，寻露玫直接把蓦然带到了酒店的西餐厅。这样既可以节约出门的时间成本，又可以有一个安静的环境谈事。蓦然很感激寻露玫这么安排。

终于有了和蓦然单独共进晚餐的机会！红酒、牛排，加上略有些昏暗的灯光，这一切对于蓦然来说稀松平常，但寻露玫却为了这一刻苦苦等了两三年！哪怕今天晚上谈论的所有事情都是颜容，她也觉得是无比浪漫和美好的，是不可多得的机会。

更值得高兴的是，寻露玫告诉蓦然如果写明颜容目前神志不清的状态，就可以获得更多的同情和关注，蓦然便信任地采纳了她对寻人启事的意见。

为了进一步拉近距离，两个人举起杯子轻轻触碰了一下，都很高兴。杯子碰撞时发出的声音也显得格外悦耳。蓦然高兴是因为觉得找到颜容的希望更大了一些，而寻露玫则是在得意一切尽在掌控之中。

和蓦然吃完饭，寻露玫自觉地回到房间。她没有去打扰蓦然，尽管她十分想去，但她管住了自己。

关上门后，她背靠在门上，脑袋里想起了过往之事。这么多年，她遇到过形形色色的人，有时候，她都觉得自己的内心已经是个男人了。可是，蓦然的存在，仿佛一下子就提醒了她，自己仍然是个小女人，仍然逃不过对爱情的期盼和渴望，那么轻易地就进入她心里那个似乎早就麻木的角落，变得像少女一样柔软敏感，动不动就觉得生生地疼、深深地忌妒。

在成人世界里，如果还有所谓的"爱情"，早已不是卿卿我我耳鬓厮磨，而演变为"丛林法则"，没有对错，只有输赢。要想成为"丛林之王"，就要管住自己，因为谁先动心，谁就输了。

没有遇到蓦然之前，寻露玫自以为已经站在食物链的顶端，未承想，蓦然让她发现自己仍然是一只迷失在丛林里惊慌失措的小鹿。她现在能做到的，就是一遍又一遍地提醒自己，不要急，不要急……

而蓦然此刻对寻露玫的好感度在持续攀升。他想，等找到了颜容，要好好地感谢一下寻露玫，在波尔多最美的季节邀请她再去酒庄住一阵。

第二天一早，他们就去一家报社发了寻人启事，当然，寻露玫是不会告诉蓦然，在微信朋友圈发寻人启事求扩散这个办法的。

接下来总要做些什么吧？总不能在酒店里干等着别人反馈消息。蓦然果然提出要去找警察了解信息，寻露玫最终还是没拦得住。

当警察告知他们颜容在四天前已被父亲接走后，蓦然心里的一块大石头总算落地，但又重重地砸在寻露玫心上，压得她几乎休克。

“谢天谢地！真是太好了！”他万分激动地拥抱了一下寻露玫。

寻露玫强颜欢笑，享受着这片刻的也是唯一的一次拥抱。就算天塌下来，场面上不管怎样也要把控住，要不然之前所有的努力，纯属白费力气。

“你知道吗？我之前还在多虑颜容的父亲知道这件事会承受不住……现在好了，他已经知道了。”蓦然边说着边拨通颜正的手机。

然而响了很久，却无人接听。

隔了几分钟，蓦然又试了一次，依然如此。

寻露玫失望地想这也许是跟蓦然单独相处的最后机会。接下来，恐怕又是如黑夜一般漫长的等待和无尽的思念。

奇怪的是，颜正的电话一直没人接。

蓦然有些焦虑，到底发生了什么？是颜正看到女儿的状况不好，怪罪了自己？但即使真的怪罪，总要给自己解释的机会啊！

蓦然仔细回忆着春节期间与颜正为数不多的几日相处，觉得颜正是一个很理智、很儒雅的长者，他下意识地感觉到一丝不妙，但马上压制住自己的胡乱猜测，当务之急是要赶到深圳颜正家里去，当面解释清楚事情的来龙去脉，顺利把颜容接回法国。

蓦然马上对寻露玫说了自己的下一步计划，向她表示谢意和歉意，并诚挚地邀请她有时间去酒庄住一阵。

受到邀请的寻露玫绝对不会放过这次机会，如果让刚刚对自己产生一点点好感的蓦然这么快就离开，她当然不甘心。不过，这个时候如果接着问什么时候再去酒庄显然是不合适的。那么怎么才能尽可能地挽留蓦然多在自己身边待一些时日呢?

寻露玫一抬眼，计上心来，她说：“谢谢邀请。”虽然心花怒放，但对此仅仅是轻描淡写地一笔带过，仿佛所有注意力仍放在帮助蓦然找人上面，接着说道：“如果颜正先生和颜女士此时并没有在深圳的家里，您去了可如何是好？”

蓦然有些惊讶，说道：“我倒是没想过这个问题。如果他们没回深圳，会去哪儿呢？”

寻露玫灵机一动，立刻说道：“您也说过颜女士目前状态不太好，他们现在也许就在长沙的某家医院呢？”

蓦然认真地想了一想：“有些道理，是有这种可能性……那么依您的建议我当下应该怎么做呢？”

“我觉得如果他们此时真在长沙某家医院，也应该不会停留太长时间，而只是做一些应急性的检查，但这些也需要花费几天。而且，很可能正因为是在医院，颜先生会特别忙，无暇顾及手机是否有人打电话。”

蓦然认同地点点头，认真听着。

“我建议您可以适当再多待两天，这两天我们可以去长沙比较知名的医院打听一下消息，查查有没有颜女士的就诊记录。更何况，也许明天，颜先生就回电话了呢？”寻露玫说完，都不禁佩服自己的急中生智，看来这么多年在生意场上没有白混，希望蓦然能再相信自己一次。

蓦然低下头，仔细地权衡着：虽然他急切地想见到颜容，但仅仅因为颜正的电话无人接听，今天就飞往深圳，确实有可能扑个空。不过，他们总要回深圳的吧，那就在深圳等他们回来就好了。可如果颜正的电话一直无人接听，他们短期内没回深圳，自己也不可能一直在那里等?酒庄和小蓦越还需要自己，似乎在长沙再多待两天是眼下最合理的方案。

蓦然同意了寻露玫的建议，暗地里又佩服了一下寻露玫清醒的头脑和富有建设性的意见。看到蓦然深蓝色的眼睛里闪着欣赏的目光向自己投来，寻露玫回应了一个无比优雅又意味深长的微笑。

失去依靠

颜正的电话，恐怕是再也不会有人接听了。

那天颜正把颜容送到周婆婆家里，便出去询问陈静秋的消息了。一上午跑了半个村子，到中午的时候，他在村口的一棵树下休息。

夏末秋初，正午的太阳还是很毒的。就算在树荫底下，颜正也觉得胸口直发闷。早上走的时候周婆婆还叮嘱他回去吃午饭，这会儿估计已经备好饭菜了，他不忍心让老人家惦记，就强撑着，准备慢慢走回去。

颜正记得年轻的时候经常在村里转悠写生，距离没多远啊，现在真是老了，体力不行了。火辣辣的太阳晒着颜正的后脖颈，他难受得直冒汗。颜正停下脚步，站了一会儿，把记录信息的本子当扇子摇了摇。

可胸口实在难受，他越走越慢，衬衣已经被汗水浸湿透了，黏在胸口和背上，更是觉得憋闷得喘不过气。终于，又看到了那棵老桂花树，颜正一咬牙，准备加紧走几步，赶回周婆婆家。谁承想，一不留神，被脚底下不知哪来的东西绊了一下。冷不丁一个趔趄，一紧张，只觉得心头一紧，胸口一阵剧痛袭来，越来越痛，像被刀绞一般，刀刀剜着心尖儿，整个人都栽了下去……却再也没有起来。

周婆婆左等右等不见人来，走出院门准备到桂花树底下张望张望，才发现已经没有气息的颜正。老人家声嘶力竭喊人来救，却是无力回天。

不少人认出这位当年的知青。大家按照村里最传统的方式，厚葬了他。周婆婆着实可怜无依无靠又神志不清的颜容,便毫不犹豫地收留了她，照顾起这个可怜的孩子。

颜正葬礼的时候，周婆婆担心颜容伤心害怕，一直陪着她在后院里待着，握着颜容的手片刻不离。那条大黄狗也一直躺在她俩身边，机警地守卫着。

颜容这几天才刚刚对这个虽不苟言笑但眼神里又充满慈爱的长者有了一些依赖感，突如其来的变故让她又进入了精神过度紧张的状态。她时不时地觉得头疼,身体也动不动就瑟瑟发抖,她并不清楚她在害怕什么，但就是害怕。

接下来的数日，周婆婆一直陪在颜容身边，细声软语地跟她说颜正年轻时候的事情，不管她是否听懂了，老人那慈祥的目光和温柔缓慢又略有些颤抖的声音，都让颜容得到了莫大的抚慰。

一个月以后，颜容的精神状态开始好转起来。周婆婆发现她经常会用一根枝条在地上画画，画人、画狗、画鸟，画得特别好。

周婆婆总是在一旁笑盈盈地看着，有时候还对她说几句：“画得真好！真像你爸爸，有天赋。”

等颜容画完,周婆婆总会轻轻抚摸着颜容的头发,忍不住叹口气:“你爸爸，可惜了……你不要怕，就在婆婆这里，慢慢画，慢慢想。”其实老人家什么都明白，这孩子特别聪明，就是暂时想不起来事情。

日子一天天地过去，周婆婆发现颜容画的东西越来越多。后来老人家突然记起颜正还留在家里一个大包，就从包里翻出了笔和本子，颜容便接过去，继续画，一笔一笔，一页一页，日复一日，不停地画。

颜容如画

第八章

颜容如画

物是人非

蓦然和寻露玫在长沙停留期间，居然真的找到了颜容的就诊记录，可是他们查到时，人已经走了。这对父女还是下落不明。

这两天颜正的手机已经处于关机状态。蓦然尽量克制自己不要胡思乱想，可始终找不到一个合理的理由让自己悬起的心放下。他沮丧地坐在医院大厅一侧的椅子上，眼睛呆呆地望着前方的地面。医院里神色慌张的各色人群在他眼前不断来回，他仿佛都没有看到。

蓦然脑海里又浮现出了和颜容在一起的一幕幕。飞机上的相识，酒庄的相处，布鲁塞尔的相恋，小蓦越的降生……在大阳台上一起相拥着瞭望葡萄园，在大落地窗前落日的余晖中拥吻，在摇篮前一起教小蓦越咿呀学语……

泪，一滴一滴地掉落在地面上。这么美好的一切，就真的再也找不回来了吗？

蓦然缓缓地从上衣内侧口袋里拿出那枚钻戒，这些天他一直随身带着。蓦然用大拇指和食指捏住硕大的戒指，凝视着，把目光沉溺在钻石闪耀的光芒里。此刻，这光芒似乎格外灼目刺眼，却寒凉得似乎已穿透人的心，如刺一般痛。

原本他是打算等颜容在酒庄里恢复好后再向她求婚，本来以为不需要等太长时间，直到颜容那天突然离开酒庄前往长沙后，蓦然就发誓再见到颜容第一时间就给她戴上，不管她是什么状态，不管她是否还记得自己。

可现在看来，这一刻已然耽误了。让人更为难受的是，重逢、求婚、相聚、相守似乎变得遥不可及。

真的有些绝望。他甚至开始觉得把颜容从他身边带走是上帝的旨意。为了找回颜容，他已经做了太多，也承受了太多，然而结局仍是一场空，这个过程太折磨、太累太难，他想要放手。

而寻露玫更是隐晦地表达了对颜容和颜正再次失联的看法。她让蓦然相信，是颜正怪罪他没有照顾好自己的女儿，难以原谅他，才故意躲着他，让他找不到颜容。颜容一天没有恢复正常，颜正的误会就一天不会消除，而这正是难以找到他们的原因。

寻露玫说，中国这么大，如果他们真的要躲，到何处去寻找？经过再一次的折腾，连医生也说不好她完全恢复到底需要多长时间。但酒庄里的一切都在等着你呢，蓦然。

蓦然只能先返回法国。他惆怅、伤感，没有选择；他无奈、疲惫，也想要解脱。临走前，为了表示谢意，他再次诚挚地邀请寻露玫去波尔多小住。

飞往法国的航班上，蓦然终于沉沉地睡去。他一路上都在梦见颜容的脸，但却十分模糊，无论如何也看不分明。

抵达酒庄后，一切从头开始。

半年后，酒庄里的一切依旧，小蓦越又长人了一些。时间久了，蓦然似乎已经接受失去颜容的现实。颜容留在酒庄里的那些画，也成为一种纪念，而不再代表想念。

寻露玫这段时间一直和蓦然保持联系，两个人无话不谈，从生意上的合作到生活上的关心，不管什么话题，经常一聊就很久。蓦然对她的好感度持续增加，提到颜容的次数也越来越少。

寻露玫终于准备好了。这几个月来，她把酒吧继续交给张栩打理，每天把自己的日程安排得满满的，健身塑形，皮肤保养，不断提升自己。甚至，还去报班学了法语和美术。

她想要全身闪着光，如女神一般出现在蓦然面前。

重返酒庄，这次，她立志要成为酒庄新的女主人。

颜容如画

这半年，李丝蓓的生活只有一个核心，就是想尽各种办法求子，好在天无绝人之路，李丝蓓终于怀上了赵卡卡的孩子。知道怀孕那天，李丝蓓激动得哭了好一会儿。现在李丝蓓怀孕已经三个多月了，父母也名正言顺地搬来北京照顾她，全家人一门心思都扑在即将降生的孩子身上。

方昀和白宇终于玩闹够了，开始琢磨婚礼的事儿，而白宇也准备正式去找方老爷子提亲。人见人爱花见花开的白大公子谁都不怕，就怕方老爷子脾气大。方昀也不催他，看着他左右为难，想去又不敢去见自己老爹的样子，着实好玩。

张栩一边精心打理着露玫酒吧，一边期待能有一天出人头地，夺回女神的心。可人生就是这般无奈，这么多年一直深爱的人，又是好久没有消息。其实人有时候也挺没出息的，越是没有消息，就越是惦念。可陈若雨早已返回上海，离开了玉麟酒业，在一家世界500强企业里全身心地投入职场。只不过，陈静秋生了一场大病，作为女儿的若雨，一心想着要多挣钱让妈妈去最好的医院，快快好起来。

而遗落在湘西小山村的颜容，她在周婆婆家里受到很好的照顾，每天只干一件事，就是画画。整天没日没夜地画。画完一本，就接着画另一本。

如果天气不好，再赶上电闪雷鸣，颜容就会莫名其妙地画出一个带刀疤的人脸，此人面目狰狞、凶神恶煞，看着都让人害怕。颜容根本不能控制自己去画他，但每次没画完都会把它撕扯得粉碎。每当这个时候，慈祥的周婆婆都会陪在她身边，紧紧握着她的手，轻轻抚摸着她的头，嘴里还反复喃喃地念着："没事，没事，孩子啊……"看着直让人心疼，老人明白这个孩子一定是受过什么委屈才变成现在这个模样。但颜容平日里画得最多的，是一个小男孩和一个外国男子。小男孩杏仁一般的大眼睛非常明亮，有着长长的向上卷翘的睫毛，小巧的鼻子，圆圆的小腮帮，格外惹人怜爱。

即使是从画上看，颜容笔下这个外国男子也极不一般。一双略微上挑的剑眉下是猎鹰一般炯炯有神的眼睛，高高的鼻梁如刀刻般笔挺，棱角分明的脸颊和丰满的下巴连成完美的曲线，燕颔虎颈，气宇轩昂。颜容还用院子里的泥土给他画上了古铜色的皮肤和深棕色的微微卷曲的头发。而最让人印象深刻的是男人的笑容，两道恰到好处的法令纹在他脸上划出极富魅力的弧度，整齐洁白的牙齿，深深的酒窝，有着极强的感染力，让看到画的人都不禁跟着微笑。

这天，颜容突然不画了，只是呆呆地在院子里坐着，目不转睛地看着画上的这个男人。

接近傍晚，周婆婆把院子里的门关上，今天不知怎么回事，门闩老闩不上，吱吱呀呀地响着，老人家费了老大劲儿，终于"咔"的一声给闩上了。

听到这一声脆响，颜容像触电般一怔……笔，从手里滑落，本子也掉落在地上。

她的大脑里仿佛有一处沉睡许久的角落被突然激起，紧接着有无数个与这个男人有关的画面在脑海中立即闪现，一幅接一幅，时而远去时而逼近，时而分明时而模糊，迅速变换着位置和次序，逐渐连成一个个动态的场景和片段……颜容觉得头渐渐开始疼，越来越疼，她咬牙坚持着，试图用意识紧紧地抓住这些片段，却抵不过一阵剧烈的头痛再次袭来……

颜容如画

尾声

失忆的颜容到底有没有唤醒记忆？蓦然有没有移情别恋？寻露玫的阴谋有没有败露？

陈若雨得到方澍达赏识变身女总裁？她到底有没有替代方昀成为白宇的女友？张栩又该怎么办？赵卡卡再次出轨？他和李丝蓓最终离婚了吗？

若雾、若雨、若风的亲生父亲是谁？

……

一切谜底将在续集揭开，敬请关注《颜容如画》姊妹篇——《飞花若雨》。